Lilly Frey

Vorsicht Satire!

Lilly Frey

Vorsicht Satire!

Warum Frösche im Glas leben und
Pflanzen gefährlich sind

Bibliografische Information der Deutschen Nationalbibliothek:
Die Deutsche Nationalbibliothek verzeichnet diese
Publikation in der Deutschen Nationalbibliografie;
detaillierte bibliografische Daten sind im Internet
über http://dnb.dnb.de abrufbar.

Coverbild-Urheber: Klanneke/Shotshop.com

Herstellung und Verlag: BoD – Books on Demand,
Norderstedt

ISBN: 978-3-8370-1479-2

Vorwort

Da ich davon ausgehe, dass das Vorwort nur zu 50% gelesen wird, halte ich diesen Text kurz. In Umfragen kam heraus, dass der Leser das Vorwort langweilig findet oder denkt, der Inhalt des Vorwortes wäre unwichtig und somit für den weiteren Text ohne Bedeutung. Natürlich hat mein Vorwort keine Bedeutung, aber der Rest des Textes auch nicht. Man könnte nun vermuten, dass es sinnlos wäre, das Buch überhaupt zu lesen. Wobei wir uns dann die Frage stellen müssten, welchen Sinn es hätte, das Buch nicht zu lesen? Da wir aber noch keine Ahnung haben, was in diesem Buch steht, können wir weder die eine noch die andere Frage sinnvoll beantworten. Ich möchte nicht zu lange auf diesem Thema herumreiten. Lesen oder nicht lesen, das ist hier eigentlich nicht die Frage! Es geht um die elementare Frage, die sich ein jeder bereits gestellt haben wird: Welchen Sinn hat unser Leben? Wer die Antwort auf diese Frage bereits kennt, kann das Buch getrost zur Seite legen, wer sie nicht kennt, auch.
Wer sich allerdings die Zwölffingerdarm-Frage schon mal gestellt hat, sollte ruhig weiterlesen.

Wortspiele

Falls Sie das Vorwort nicht gelesen haben sollten, empfehle ich Ihnen an dieser Stelle, es nachzuholen. Wenn Sie es einfach auslassen, gehören Sie zu den 50%, die grundsätzlich eine Vorwort-Verweigerungs-Grundeinstellung eingenommen haben. Dieses Buch ist allerdings für die anderen 50% geschrieben. Bzw., so genau weiß ich das auch nicht, vielleicht ist es auch egal, zu welchen der 50% Sie gehören. Trotzdem sollte Ihnen bewusst sein, welcher Gruppe Sie angehören und dass Ihre Einstellung zum Vorwort eine gewisse Rolle spielt, die im Grunde genommen nicht wichtig ist, aber Ihnen vielleicht etwas über Sie verrät: nämlich, ob Sie ein Vorwort-Leser sind oder nicht.

Der Zwölffingerdarm ist keine neuzeitliche Erfindung. Es gibt ihn schon lange. Natürlich ist es ganz egal, wie er heißt. Er könnte auch Zehn-Finger-und-zwei-Daumen-Darm heißen. Tatsache ist aber, dass wir uns hier die Frage nach dem Sinn stellen, und daher ist eine grundsätzliche Beleuchtung der Dinge von allen Seiten, vor allem von den Seiten, die wir noch nicht beleuchtet haben und derer, die trotz Beleuchtung im Dunkeln bleiben, von maßgeblicher Bedeutung.

Warum heißt er so, wie er heißt?

Assistent H:

Der Zwölffingerdarm heißt Zwölffingerdarm, weil er in der Historie von Bangladesch eine bedeutende Rolle spielte. Dort lebte einst ein Maharadscha, der zwölf Finger, aber keine Daumen hatte. Dieser Maharadscha aß ständig und mit wachsender Begeisterung Datteln. Eines Tages aber war eine Dattel, die sich vorher tagelang in einem Sandsturm verirrt hatte, weil sie vom Weg abgekommen war, in den Magen des Maharadschas gewandert und dort bereitete sie ihm eher Pein als Genuss. Um der Pein zu entkommen, konnte der Maharadscha nur darauf warten, dass die Terrordattel sich irgendwie verdauen ließ. Das klappte auch ganz gut, bis sich die Dattel in einem kleinen Teil direkt unter dem Magen festgesetzt und einen Sitzstreik ausgerufen hatte. Dort blieb sie ... tagelang. Schließlich machte ein weiser Arzt den Vorschlag, die Dattel operativ zu entfernen. Da man damals keine Operationswerkzeuge kannte, hatte er dem zwölffingrigem Maharadscha kurzerhand den Arm in den Schlund gerammt, um dann mit dem ganzen Oberkörper in ihm zu verschwinden. Als er wieder hervorkam, hatte er die übeltäterische Dattel in der Hand! Und nach diesem Vorfall wird die Stelle, an der die Dattel den schmerzhaften Sitzstreik angezettelt hatte, „Zwölffingerdarm" genannt.

Assistentin SK:

*Das waren Gummihandschuhe, die mit Würstchen-
pelle (Kunstdarm) hergestellt wurden. Manche Leute,
die gerade keine Würstchenpelle zur Hand hatten,
wussten sich mit einem 12er-Pack Kondomen zu helfen, was den Nachteil hatte, dass diese alle gleich lang
waren (würde ja keinen Sinn machen, in ein Päckchen
verschiedene Längen zu packen). Darum sahen diese
Handschuhe dann so aus, als wären sie für Hände mit
fünf Daumen gemacht. Habe ich das verständlich
erklärt?*

Assistentin C:

Der Darm heißt so, weil er zwölf Finger breit ist.

Assistentin SM:

*Der Zwölffingerdarm heißt so, weil er so lang ist wie
zwölf Finger. Da wir aber keine zwölf Finger haben,
ist er rein rechnerisch gesehen so lang wie zehn Finger und zwei Daumen.*

Wir sollten unser Leben so einfach und sinnvoll
wie möglich gestalten. Schließlich will man doch
verstehen, wovon man redet, und nicht bei der
Unterhaltung mit dem Nachbarn ein Fremdwör-
terlexikon benutzen müssen. Nehmen wir zum
Beispiel die Glühbirne. Sie ist eine glühende Bir-
ne. Die Umschreibung dieses Gegenstandes ist
absolut treffend. Die neuzeitliche Weiterentwick-

lung bekannter Formen sorgt nun aber für Veränderungen und daher für eine Verunsicherung der nachfolgenden Generationen, die nun die Bezeichnung „Glühbirne" für runde oder eckige Lämpchen nachvollziehen muss.

Der Teppichklopfer dagegen hatte von jeher den falschen Namen, da man ihn in der Vergangenheit lediglich zum Züchtigen ungezogener Kinder missbraucht hatte. Er hätte eigentlich Kinderklopfer heißen müssen. In der heutigen Epoche hätte er wieder die richtige Bedeutung, würde es ihn noch geben. Leider ist er fast vollständig ausgestorben und steht bisweilen in einigen antiken Haushalten ungenutzt herum.

Es gelingt uns offenkundig nicht, Vereinfachungen unserer Sprache zu erreichen. Durch nicht mehr zeitgemäße Beschreibungen von Gebrauchsgegenständen und die Zusammenlegung der deutschen mit der englischen Sprache verkomplizieren wir unsere Sprache. Es entstehen Wörter wie „Handy", „Afterworkparty", „mailen", „simsen", „Dolby surround", „Chatroom" usw.
Deutschsprachige Menschen können sich in ihrem eigenen Land nicht mehr verständigen, da sie ihre Sprache, die gar nicht ihre ist, nicht mehr verstehen. Neue Pseudonyme werden geschaffen und stehen für eine Definition, die keiner wirklich begreift, was aber beabsichtigt ist, damit die

Menschen den Ernst der Lage nicht durchschauen. Ich sage nur „Hartz IV", „Bananenrepublik", „Leberwurst" (wer weiß schon genau, was da so drin ist?)

Die allergrößten Philosophen und Gelehrten vergangener Tage hätten für die heutige Sprachentwicklung sicher kein Verständnis. Sie mussten sich in ihrer Zeit auch über solche Neuzeitprobleme keine Gedanken machen. Ihnen war es vorbehalten, sich über wirklich elementare Dinge den Kopf zu zerbrechen. Zum Beispiel warum die Erde rund ist und keine Scheibe.

Unsere Assistenten können Ihnen recht plausibel erläutern, was sich die Natur dabei dachte.

Assistentin SK:

Irgend so ein Mann blies in einen Luftballon und hoffte auf den Knall. Aber irgendwann ging ihm die Luft aus und ein großer runder Erdball war entstanden.

Assistentin C:

Die Erde ist keine Scheibe, weil sonst alle runterfallen würden. Außerdem sind doch alle anderen Planeten auch rund. Warum also sollte es dann bei der Erde anders sein?

Assistent H:

Die Erde ist rund, weil sich Galileo sonst geirrt hätte. Es würde keine Schwerkraft durch Rotation entstehen, sondern eher eine Fliehkraft. Alles Leben würde in den Weltraum geschleudert. Und dann könnte ich diese Zeilen nicht schreiben, weil ich nicht hier wäre und keiner könnte sie lesen, weil niemand da wäre, um sie zu lesen. Und dann wäre alles futsch! Darum ist die Erde so, wie sie ist: rund!

Meiner Meinung nach macht es keinen Sinn, die Erde zu einer Scheibe werden zu lassen. Stellen wir uns dieses Szenario doch einfach mal vor. Hätte die Erde ein Ende, damit ist der Scheibenrand gemeint, bestünde die Gefahr, dass all unsere Wasservorkommen am Rand der Scheibe abfließen würden. Es ginge unwiederbringlich in den Tiefen der Milchstraße verloren. Eine Glühbirne oder gar ein Teppichklopfer wären dann sinnlos und wir könnten uns über den Sinn und Unsinn dieser Wörter keine Gedanken mehr machen, da es sie niemals geben würde. Wir müssten überall Schilder an den Rändern der Erde anbringen, damit uns keine unachtsamen Menschen verloren gingen.
Jetzt versuchen Sie sich doch mal vorzustellen, wie viele Schilder das sein müssten, um jede Stelle abzusichern. Um aber ganz sicher zu gehen, keinen Menschen oder kein Tier ans Weltall zu verlieren, würden wir eine riesige Mauer um die

Erde errichten. Dies wirft aber schon die nächsten Problemstellungen auf. Würden nicht etliche Bürger sich eingesperrt und ihrer Freiheit beraubt fühlen? Eine Mauer würde die Erdlinge vom Weltall teilen und sind wir nicht gerade in unserem Land bestrebt, Grenzen zu öffnen? Sicher ließen sich somit auch nicht die Verluste unserer Vögel verhindern, die sich ungehindert über die Mauer hinweg ins All davonmachen könnten.

Damit wäre ein für alle Male geklärt, dass die Erde einfach rund sein muss. Sie muss rund sein, damit alles so sein kann, wie es ist. Wenn es nicht so wäre, wo läge denn da der Sinn des Ganzen? Wenn es denn einen gibt.

Ähnlich verhält es sich mit der Frage, ob das Weltall endlich oder unendlich ist.
Ja, es ist unendlich groß. Gäbe es ein Ende des Universums, dann würden alle dort ankommenden Galaxien – und sie würden dort mal irgendwann ankommen (also am Ende), da das Universum sich ausdehnt – runterfallen. Wohin sie fallen würden? Mit aller größter Wahrscheinlichkeit in ein Paralleluniversum. Die Gefahr dabei wäre, dass unser herabstürzendes Weltall ein Paralleluniversum zerstören könnte und damit noch andere Welten, gar Leben dem Untergang geweiht wären. Aber die Natur lässt es hierzu gar nicht erst kommen, da es unser Universum un-

endlich groß gemacht hat. Somit kann es sich ausdehnen, solange es will.

Es ist eben unendlich groß, und das ist wirklich groß. Selbst wenn es nur halb so groß wäre, wie es ist, wäre es immer noch groß.

Wenn „ich", also „mein Körper", das Universum wäre, wie groß wäre dann ich?

Haben wir Menschen überhaupt eine Bedeutung?

Ja, natürlich haben wir eine, sonst wären wir ja nicht da.

Einen Sinn hat unser Leben, fragt sich nur noch, welchen.

Die Zeit

Was will sie uns sagen? Vielleicht, dass wir Menschen davon zu wenig haben? Im Vergleich zum Alter des Universums ist die Dauer unseres Daseins kaum erwähnenswert. Aber was soll eine Eintagsfliege dazu sagen?

Ein Tag dauert 24 Stunden, weil die Erde genauso lange braucht, sich einmal um sich selbst zu drehen. Ein Jahr dauert 365 Tage, weil die Erde diese Zeit benötigt, die Sonne einmal zu umkreisen. Somit wissen wir schon mal, wie das so bei uns Erdlingen funktioniert.

Aber wie verhält es sich bei den Marsianern? Ein Marstag wäre zwar ähnlich lang wie ein Erdentag, nämlich 24 Stunden und 37 Minuten, aber ein Jahr dauert dort ganze 687 Tage. Demnach wären die Marsianer, obwohl sie vermutlich wesentlich ergrauter sind als wir Menschen, beachtlich jünger, da das Jahr dort fast doppelt so viel Zeit braucht wie bei uns.

Folglich ist Zeit also variabel?

Werde ich auf dem Merkur geboren, der knappe 88 Tage zur Umrundung der Sonne braucht, habe ich 88 Tage später schon wieder Geburtstag. Ich altere also wesentlich schneller.

Wie verhält es sich nun auf der Sonne selbst? Die Sonne umkreist keine Sonne. Bleibt man dort ewig jung, weil es kein Jahr gibt? Möglicherweise dauert ein Sonnenjahr 237 Millionen Jahre, weil die Sonne solange braucht, um das Milchstraßenzentrum zu Umlaufen. Aber halt! Wie kann ein Jahr 237 Millionen Jahre dauern, wenn wir gar nicht wissen, wie lange ein Jahr wirklich dauert?

Wenn Albert Einstein noch leben würde, wäre er bei der Beantwortung dieser schöpferischen Fragen sicher eine große Hilfe gewesen. Wie kam er bloß auf diese wirklich knifflige Relativitätstheorie?
Für mich war er der talentierteste Mann aller Zeiten. Auch wenn ich niemals verstehen werde, wie Masse, Zeit und Geschwindigkeit nun „relativ" zu einander stehen und mir einfach nicht so recht einleuchten will, wie ein Raum, also unser Weltraum, sich krümmen kann (denn wie kann sich Vakuum krümmen?), so ist mein Leben doch durch diese eine Formel $E = m \times c^2$ bereichert worden. Wissen Sie, was diese Formel uns sagen will?

Stellen Sie sich diese Formel als Powerriegel vor. Es handelt sich dabei um eine feste Masse. Sobald Sie diese feste Masse verzehren, wird sie in Ihrem Körper in Energie umgewandelt. Verstehen Sie? Masse wird zu Energie und umgekehrt. Wenn Sie also nach einem harten Tag die Toilettenschüssel aufsuchen, wird die umgewandelte Energie wieder in Form einer festen Masse abgegeben.

Wissen Sie eigentlich, warum wir Menschen existieren?

Als ich noch ein Kind war, ermittelte ich in dieser Angelegenheit aktiv. Ich führte regelmäßig Gespräche mit dem Himmel. Also besser gesagt mit dessen Bewohnern. Dazu gehörten ein paar verschiedene Engel, Petrus, Maria und Jesus und der, den sie Gott nennen. Bei diesen Selbstgesprächen, die ja eigentlich, wenn's nach mir gegangen wäre, Dialoge hätten sein sollen, warf ich die Existenzfrage gelegentlich mal ein.

Heute nehme ich an, dass meine Gesprächspartner keine Antwort auf diese Fragen hatten, somit also ganz bewusst schwiegen. Also akzeptiere ich nun einfach, dass ich da bin. Das sollten Sie auch tun, man hat den Kopf viel freier für fundamentalere Fragen. Nämlich ob es ein Leben nach dem Tod gibt.

Das kann ich nur mit einem zweideutigen „Ja" beantworten. Jeder Tod bedeutet wieder ein neues Leben. Und jedes neue Leben führt wieder zu einem Tod, der wiederum zu neuem Leben führt und so weiter. Diese Thematik werde ich im Kapitel „Seele" nochmals genauer unter die Lupe nehmen.

Und wie steht es nun mit dem Sinn des Lebens? Dass es einen Sinn hat, wurde ja bereits geklärt. Aber welcher ist es denn?

Falls Sie ein Christ sind, wissen Sie sicher auch, warum die Evangelen und die Katholiken ein und denselben Gott einfach geteilt haben.

Angesichts der Tatsache, wie viele Götter auf Erden mitmischen, fällt die Entscheidung für den passenden ohnehin schon ausgesprochen schwer.

Ich persönlich hatte mich bei dieser Auswahl an Göttern einfach nicht festlegen können, daher glaube ich heute mal an den einen, dann wieder an den anderen. Manchmal auch an gar nichts. Dann fühle ich mich viel freier und man bekommt nicht alle Fragen des Lebens so per Bibel auf dem silbernen Tablett serviert.

Auf keinen Fall möchte ich ausschließen, mal einen Gott zu finden, der mir gefallen könnte, nur der richtige ist mir einfach noch nicht über den Weg gelaufen.

Vielleicht läuft ein Gott auch gar nicht, sondern schwebt. Vermutlich treibt er von einer Dimension in die andere. Haben Sie eine Ahnung, wie viele Dimensionen es gibt? Und was ist das überhaupt?

Ich möchte es mal so erklären:

Wenn ich auf einem Blatt Papier liege, ist es die erste Dimension, sitze ich drauf, die zweite und wenn ich auf ihm laufe, die dritte. Nun nehmen wir aber an oder besser gesagt nicht wir, sondern schlaue Leute, dass es noch mehr Dimensionen geben könnte. Die vierte Dimension beispielsweise gibt es theoretisch ja schon. Soll heißen, es gibt sie in den Köpfen der schlauen Leute.

Was ist also diese vierte Dimension?

Denken wir wieder an unser Blatt Papier und bohren ein Loch hindurch. Selbstverständlich unauffällig. Wir überprüfen, ob die Luft rein ist und verschwinden hindurch. Nun befinden wir uns in der vierten aller Dimensionen. In der dritten sind wir nicht mehr sichtbar.
Somit wäre auch dieses spannende Geheimnis gelüftet. Es wäre nur noch zu klären, ob es darüber hinaus noch weitere Dimensionen gibt, was ich freilich nur bestätigen kann.
Die Erde hat kein Ende, das Weltall ebenso nicht und die Dimensionen natürlich auch nicht. Eine fünfte Dimension könnte man sich als weiteres Blatt Papier vorstellen, was uns erwartet, wenn wir durch das erste geschlüpft sind. Und so geht das unendlich weiter. Wir könnten bei dieser Reise durch die Dimensionen auf andere Reisende stoßen, vielleicht aus einer ganz anderen Welt. Oder sind wir allein in diesem so großen, unendlichen Universum?

Nein, natürlich nicht. Wir teilen uns dieses „so große", unendliche Universum mit vielen, vielen Planeten, Monden, Sternen, Kometen, schwarzen Löchern, Staub und Geröll.

Gehen wir mal von der Annahme aus, es war nicht Gott oder sonst wer, der die Erde erschaffen hat. Versuchen wir es mal wissenschaftlich zu lösen. Unsere Erde entstand aus Staub und Geröll, also entstanden auch wir aus Staub und Geröll, besser gesagt unsere Vorfahren. Der heutige Mensch hat sich weiterentwickelt und hat mit dem Staub und Geröll der Urzeit nicht mehr viel gemeinsam, denn aus dem Staub und Geröll hat sich unter anderem der Zwölffingerdarm entwickelt.

Einige Wissenschaftler vermuten, das Leben hätte sich durch Kometeneinschläge entfalten können, da sie einige Bausteine des Lebens, wie Kohlenstoff, Sauerstoffmoleküle, Wassermoleküle mit sich führen.

Das ist natürlich Blödsinn, denn wir wissen, dass Kometen auch aus nichts Weiterem als Staub und Geröll bestehen, die eigentlichen Bausteine des Lebens. Schauen wir uns um im weiten Universum, und was bekommen wir zu sehen? Sterne, Planeten und Monde aus Staub und Geröll. Unsere Lebensbausteine.

Sie sehen, es ist absolut widersinnig, sich diese Frage „Allein oder nicht allein?" zu stellen. Es liegt förmlich auf der Hand, dass wir nicht allein sind.

Selbstverständlich gibt es bereits spätestens seit E.T. stichhaltige Beweise für die Existenz außerirdischen Lebens und verschiedene Menschen sind längst auf einen solchen Außerirdischen getroffen. Manche erlebten sogar sonderbare nächtliche Entführungen. Leider gibt es noch keine Fotos dieser Aliens, aber viele der Entführungsopfer haben sich die Mühe gemacht, aussagekräftige Phantombilder von ihnen anzufertigen. Und tatsächlich! Es gibt Übereinstimmungen in ihren Entwürfen. Sie haben alle eine weiße helle Haut, sind klein und schmächtig, haben große schwarze Augen und eine Glatze. Was darauf schließen lässt, dass die Außerirdischen nicht gern in die Sonne gehen. Vielleicht haben sie auf ihrem Planeten auch keine Sonne. Demzufolge haben sie wohl auch so große Augen, um im Dunkeln besser sehen zu können. Das könnte ferner eine Erklärung dafür sein, dass die meisten Entführungen nachts vorgenommen werden.

Warum aber sehen die Außerirdischen alle gleich aus? Weshalb trägt keiner langes Haar, einen Bart oder eine Brille?

Wir verreisen in die Antarktis auf eine riesengroße Eisscholle. Dort sitzen lauter dicke, fröhliche Pinguine. Die meisten Pinguine haben einen weißen Bauch und einen prächtigen dunklen Frack. Ein paar andere scheinen kleine, neue Pinguine zu sein mit flauschigen Federn, die noch von den großen aufgezogen werden. Obwohl die großen Pinguine alle gleich aussehen, finden die kleinen, die auch alle gleich aussehen, die großen, die zu ihnen gehören, immer wieder.

Und die großen finden die kleinen, die zu ihnen gehören, immer wieder, obwohl die auch alle gleich aussehen. Sie sehen eben nur scheinbar alle gleich aus. Untereinander finden sich immer alle wieder und sehen da Unterschiede, die uns nicht auffallen.

Bemerkenswert ist, dass über sieben Milliarden Menschen auf dieser Welt in unseren Augen unterschiedlich aussehen, obwohl sie eigentlich alle gleich aussehen.

Wie geht das? Wie können so viele Menschen immer etwas anders aussehen?

Verreisen Sie mit Ihrem Partner oder Ihrer Partnerin in ein fremdes Land und mischen sich unter die Leute. Selbst im allergrößten Gewühl werden Sie Ihren Partner wiedererkennen. Keiner sieht so aus wie der Ihre. Das ist doch prima, oder? Um diese vorteilhafte Tatsache genauer zu verstehen, fragen wir wieder unsere cleveren Helfer.

Assistentin SM:

Wir sehen alle gleich aus und doch wieder nicht, weil wir alle von Adam und Eva abstammen.

Assistentin C:

Menschen sehen nicht wirklich alle gleich aus. Es gibt dicke, dünne, hässliche und schöne und alle haben verschiedene Gene.

Assistent H:

Die Menschen sehen gar nicht gleich aus. Ich habe mal einen gesehen, der sah ganz anders aus als die anderen. Und das war mein Spiegelbild. Ist doch seltsam, dass das nicht so aussah wie ich, oder?
Lag vielleicht daran, dass ich 2,5 Promille im Blut hatte. Daraus folgere ich, dass grob philosophisch betrachtet, die Menschen alle verschieden aussehen. Obwohl sie eigentlich doch gleich aussehen, haben sie mit verschiedenen Alkoholwerten im Blut (trotz Cola, Rosenkohl oder Wurst im Bauch) immer ein anderes Aussehen. Somit hat sogar ein und dieselbe Person zu jeder Zeit ein unterschiedliches Aussehen.

Assistentin SK:

Das liegt nur an der Wahrnehmung. Allen Menschen, die wir nicht mögen, verpassen wir instinktiv rote krause Haare und allen anderen grüne.

Die Seele

Was das ist, fragt sich die gesamte Menschheit, bis auf diejenigen, die sich das nicht fragen. Diese Frage ist sehr schwer zu beantworten. Menschen, die eine Nahtoderfahrung gemacht haben, konnten bereits Bekanntschaft mit ihr machen. Alle anderen zweifeln noch daran, ob es sie überhaupt gibt. Ich kann Ihnen versichern, es gibt sie ganz bestimmt. Denn würde es sie nicht geben, dann gäbe es *Sie* auch nicht. Die Seele sind wir. Alles, was Sie oder mich ausmacht, steckt in dieser kleinen durchsichtigen, formlosen Seele. Unser Körper ist nur gemietet. Das heißt, sie steckt zwar in unserem Körper, aber sie könnte theoretisch auch in einem anderen wohnen. Sollten Sie nicht zufrieden sein mit Ihrem Körper und sich hässlich finden, könnte es also durchaus sein, dass Sie in Ihrem nächsten Leben ein Magengeschwür werden. Lernen Sie, zufrieden zu sein mit dem, was Ihnen gegeben wurde. Denn Bescheidenheit ist auch im Himmel eine Tugend und wird im späteren Leben wieder belohnt. Ist Ihre Zeit eines Tages gekommen, wird Ihre Seelenverpackung, also Ihr Körper, wieder dem Staub und Geröll zugefügt und unsere Seele fliegt ziellos umher. Erst einmal genießt sie ihre plötzlich erlangte Freiheit und fragt sich, warum sie sich freiwillig so lange in diesen Körper hat quetschen lassen. So ist sie ja viel freier und kann von Galaxie zu Galaxie fliegen oder von Universum zu Universum. Aber sie spürt, dass es ihre Bestimmung ist, erneut in einen Körper zu schlüpfen, und verbindet sich mit einem Sprössling. Alles, was sie wusste, denn als Seele weiß man alles, und alles, was sie konnte, ist wie von Geisterhand verschwunden und sie fängt als kleiner Mensch von vorne an, mühevoll gehen und sprechen zu lernen. Sie sehen, so eine Seele hat es auch nicht leicht.

Leben für Leben muss sie sich dieselben Fragen stellen. Die folgende Frage beispielsweise könnte sie unter normalen Seelenumständen schon nicht mehr hören, da sie aber zum Glück nichts mehr davon weiß, fragt sie es nun zum 311. Mal.

Warum ist der Himmel blau?

Wäre ich eine Seele, bräuchte ich jetzt nicht mein Köpfchen zu zerbrechen, denn erstens hätte ich keinen Kopf und zweitens wüsste ich ja alles, was es zu wissen gibt. Die Antwort würde mir gewissermaßen in den Seelenschoß fallen. So aber möchte ich auch diese Frage weiterleiten an meine Assistenten:

Assistentin SK:

Der Himmel ist blau, weil Gott an dem Tag an dem er ihn schuf, zu tief ins Glas geschaut hat.

Assistentin C:

Also bei uns ist er gerade grau. Aber eigentlich ist er blau, weil die Farbe Blau reflektiert wird und daher sieht es nur so aus, als wäre er blau.

Assistent H:

Der Himmel ist nicht blau. Das ist ein weit verbreiteter Irrglaube, denn nur Menschen mit blauen Augen erscheint der Himmel wirklich blau. Menschen mit grünen Augen erscheint der Himmel grün. Aber das wissen die Menschen nicht, denn wie will man die Farbe „Blau" erklären? Und so können zwei Menschen über verschiedene Farben sprechen, ohne es eigentlich zu wissen.

Tatsächlich ist der Himmel so blau, weil das „Blau" des Wassers in den Himmel reflektiert wird. Die irrtümliche Meinung der meisten Menschen ist, dass Wasser farblos sei. Aber die wenigen unter ihnen, die bereits „blaue Lagunen" zu Gesicht bekommen haben, kennen die unwiderlegbare Wahrheit. Denn in den blauen Lagunen sammelt sich besonders blaues Wasser an und lässt uns wunderbar erkennen, dass Wasser alles andere als farblos ist. Warum sich ausgerechnet in jenen Lagunen extrem blaues Wasser ansammelt, ist erst unzulänglich geklärt worden. Man nimmt an, dass sich in dieser Region ausgesprochen viele Blaufische aufhalten. Blaufische sind eine vom Aussterben bedrohte Fischart und ernähren sich vorzugsweise von Tintenfischen. Der Biss eines Blaufisches in den Hals des Tintenfisches ist absolut tödlich für seine Zähne, die sich durch die Tinte des Tintenfisches gelb verfärben. Hierbei laufen komplizierte chemische Prozesse ab, die im Einzelnen nicht näher erläutert werden sollen, um uns ermüdende Details zu ersparen. Mit gelb eingefärbten Zähnen kann der Blaufisch aber unmöglich sein Opfer erlegen, da er sich durch den auffälligen Zahnfarbton kurz vorm Zubiss verrät, und muss daher qualvoll verhungern. Die Evolution hat nun aus dem Blaufischjäger einen Aasfresser und wiederum gejagten vom Tintenfisch gemacht, dessen Speiseplan durch den Verzehr von Blaufisch enorm aufgewertet wurde. Denn das „Blau" des Blaufisches sorgt für eine erhebliche Steigerung und Verblauung der Tinte des Tintenfisches. Da sich der Blaufisch vorwiegend im Bereich von Lagunen aufhält, zog es auch den Tintenfisch in diese Region und versprüht, so die Experten, erhebliche Mengen seiner neuartigen Blaufisch-Tintenfisch-Tinte in den Ozean.

Es gibt immer noch Wissenschaftler, die der Meinung sind, dass das Blau im Sonnenlicht stärker von den Molekülen der Erdatmosphäre gestreut würde. Jedem wird unmissverständlich klar, dass dies unmöglich der Fall sein kann, denn unsere Sonne strahlt in einem knalligen Gelb daher und nicht in Blau. Manche versuchen, uns doch wirklich für dumm zu verkaufen, aber zum Glück haben wir noch Augen im Kopf und können sehr wohl die Farbe Gelb von Blau unterscheiden.

Manchmal frage ich mich allerdings, wieso ein Prisma so viele bunte Farben hervorbringt, obwohl es eigentlich farblos ist.

Daher gebe ich die Frage gleich wieder ab an meine Assistenten:

Assistentin SK:

Das Prisma hat sich die Farben vom Regenbogen ausgeliehen.

Assistentin C:

Was ist ein Prisma? Warum schmeißt du jetzt mit Fremdwörtern um dich?

Assistent H:

Das Prisma ist eine Zusammenrottung vieler kleiner Tierchen, den Prismanern. Diese Prismaner gründen für ihr Leben gerne Dörfer, die sogenannten Prismen. Hauptberuflich rotten Prismaner seltene Papiersorten aus, aber ihr Lieblingshobby ist die Verarbeitung kleiner Terrateilchen. Terrateilchen sind niedliche Vierbeiner, die in den Gärten der Prismaner weiden. Wenn nun die Sonne auf ein Prisma scheint, setzt ein chemischer Prozess ein, bei dem die Terrateilchen sich in heiße Luft, Fassbrause und Licht teilen. Das Licht,

Ein Geheimnis jagt das andere. Während die
Prismen eine Lichtquelle benötigen, leuchten
Sterne von allein.
Nun frage ich mich und fünfzig Prozent der
Menschheit (was die anderen fünfzig Prozent
sich fragen, weiß ich nicht): Warum ist das All
dunkel?

Da leuchten Abermilliarden von Sonnen (nein,
ich glaub, es sind noch mehr) ganz von allein
und trotzdem ist das Universum dunkel. Müsste
es nicht hell erleuchtet sein?

All diese Sonnen beleuchten ihre Planeten. Denn
dafür wurden sie geschaffen. Würden sie versuchen, das so große unendliche Universum zum
Strahlen zu bringen, dann bräuchten sie unendliche Leuchtkraft. Das geht aber nicht, denn ein
Stern hat nur eine begrenzte, kurze Leuchtzeit
von ein paar Millionen bis einigen Milliarden
Jahren. Und dies reicht eben nicht für unendlich.

Weshalb strahlen sie nicht unendlich? Und was passiert mit ihnen, wenn ihnen die Luft ausgeht?

Ich denke, einige Astronomiebegeisterte unter Ihnen werden das sicher schon wissen, aber für alle anderen möchte ich es gerne noch mal etwas näher erläutern. Eigentlich ist es denkbar einfach: Unser Weltall wird ganz offensichtlich ewig existieren, und warum wird es das? Weil es unendlich groß ist, wie wir bereits gelernt haben. Wäre ich unendlich groß, könnte auch ich ewig existieren. Unsere Sterne nun aber sind nur läppische „endlich" groß. Und ich bin sogar noch viel kleinere „endlich" groß." Die Sterne und ich erleiden das gleiche Schicksal. Der eine früher, der andere später. Da ich keine Sonne bin, wird mein Ende nicht ganz so spektakulär sein. Unsere Sonne jedoch wird eines Tages – das ist aber noch einige Milliarden Jahre hin – ein bisschen größer werden und nicht mehr gelb sondern rot daherscheinen. Auf der Erde wird's zunächst etwas wärmer, was zur Folge hat, dass sich alle um die wenigen schattigen Plätzchen streiten. Irgendwann pufft's und die Sonne hat ihre gesamte Restenergie ungenutzt in den Weltraum hinausgeschleudert. Übrig bleibt ein „weißes Sternchen" in der Größe der Erde. Dieses „weiße Sternchen" wird nun nicht mehr in der Lage sein, unsere Erde zu wärmen. Aber das wird dann auch nicht mehr nötig sein, da es nach diesem

Spektakel ohnehin niemanden mehr geben wird, den das interessiert.

Wie Ihnen sicher schon aufgefallen sein wird, habe ich still und heimlich einfach über eine wichtige Tatsache hinweggesehen. Ich habe schlichtweg behauptet, dass Sterne von alleine leuchten. Den besonders hellen Köpfen unter Ihnen wird sicher sofort klar gewesen sein, dass das naturgemäß nicht von allein funktionieren kann. Was geschieht da nun in so einem Stern? Warum leuchten Sterne?

Unsere Assistenten sagen Folgendes:

Assistentin C:

Es handelt sich bei einem Stern um eine Gasexplosion, die Millionen von Jahre her ist und die wir jetzt als Stern sehen.

Assistent H:

Die Sterne werden angestrahlt, und zwar von Heinrich B. Serin aus Neustadt in Holstein. Dieser Mann hat – unbemerkt vom Rest der Welt – eine Sternenstrahlanstalt auf die Beine gestellt, die sich sehen lassen kann. Angetrieben von einer Schar Kinderarbeiter (was nicht ganz regelkonform ist, wie Herr Serin jüngst in einem Spiegel-Interview zugeben musste), die ganztags auf schwer eingestellten Dynamo-Fahrrädern sitzen und für die Wissenschaft stram-

peln, betreibt Herr Serin einen mittelgroßen fünf Gigawatt-Strahler, der auf einer Highspeed-Drehanlage angebracht ist. Mit diesem Gerät schafft er es, pro Sekunde ca. 25.000.000 Sterne anzustrahlen. Da es manchmal Anstrahl-Verzögerungen im Millisekundenbereich gibt, erscheinen uns die Sterne funkelnd. Herr Serin plant übrigens schon die nächste Schelmerei: Er will die Kinderarbeiter dazu zwingen, pro Minute zwei Umdrehungen mehr zu strampeln. Dann fällt genug weitere Energie ab, um im Kongo eine Legoland-Filiale zu eröffnen.

Assistent P:

Die Wissenschaft gibt als Antwort, dass alle Sterne Sonnen sind und bei ihren internen Fusionsprozessen Teilchen in Form von Lichtwellen aussenden. Aber die eigentliche Frage ist ja, warum sie das tun. Sie könnten schließlich auch Radiowellen aussenden oder das Zeug (also die Lichtwellen) einfach nur unter der Oberfläche lagern oder irgendwo anders und nicht in den Weltraum abgeben. Die Antwort hat etwas mit Biologie zu tun. Im Tierreich müssen paarungsbereite Lebewesen auf sich aufmerksam machen, um vom potenziellen Partner bemerkt zu werden. Und da das Weltall so unendlich groß und dunkel ist, bietet es sich geradezu an, besonders hell zu leuchten, damit ein Stern auf größte Entfernung von einem anderen Stern bemerkt wird. Tja, im Endeffekt geht es wie immer nur um Sex.

Ich möchte auch noch etwas dazu sagen:
Wir wissen alle, Reibung erzeugt Wärme. Das
hat zwar überhaupt nichts mit unseren Sternen
zu tun, aber ich wollte es mal erwähnen.

Die Sterne leuchten, was man von Tomaten nicht
behaupten kann, aber trotzdem haben auch sie
etwas Magisches an sich.
Denn wussten Sie schon, dass Tomaten in Ge-
wächshäusern wachsen und nicht mehr an der
Pflanze selbst?
Den Holländern ist dies irgendwie gelungen.
Diese Tomaten wurden mit Hilfe der Gentechnik
so verändert, dass sie vom Glas des Gewächshauses herunterwachsen. Man erspart sich somit
das mühevolle einpflanzen des Tomatengewäch-
ses und das Pflücken der reifen Tomaten kann so
maschinell und weniger zeitraubend erfolgen.
Die holländischen Tomaten sind folglich besonders preiswert, auch stehen sie in Qualität und
Haltbarkeit ihren nicht genmanipulierten Brü-
dern und Schwestern in nichts nach. Aber die
Urtomate, die es seit Genveränderungen und
veränderter Umwelteinflüsse, wie längere War-
tezeiten auf Bahnhöfen, Internet-Viren und Vo-
gelgrippe nicht mehr gibt, stammt ja eigentlich
aus Italien. Hier aß man sie mit wachsender Begeisterung. Eines Tages nun zogen auch die Italiener in den Ersten Weltkrieg und kämpften so
herum. Nach kurzer Zeit aber dachten sie sich,
dass sie eigentlich lieber wieder Nachhause woll-

ten, um sich weiterhin an ihren Tomaten erlaben zu können. Somit machten sie sich aus dem Staub und ließen die anderen auf dem Schlachtfeld zurück, die enttäuscht den Krieg beendeten. Als die Italiener in Italien eintrafen und sich wieder über ihre Tomaten hermachen wollten, stellten sie fest, dass diese inzwischen nach Holland abgewandert waren. Fortan nannten die Italiener ihr rotes Gemüse „die treulosen Tomaten". Nun wissen wir endlich, woher das Sprichwort stammt.

Tomaten-Rätsel, Buchstabenrätsel und Kreuzworträtsel, wir bekommen vom Rätseln einfach nicht genug.
Lösen Sie auch gern Kreuzworträtsel?
Ich mache das schrecklich gern. Sobald ich irgendwo ein Kreuzworträtsel sehe, zücke ich sofort meinen Kugelschreiber und fange an zu raten. Das ist wie eine Sucht. Mit Stolz kann ich von mir behaupten, dass ich ein wahrer Meister in dieser Disziplin bin. Ich errate einfach alles. Was mich allerdings immer etwas missgestimmt sein lässt, ist, dass die Kästchen manchmal nicht mit der Anzahl der Buchstaben des Lösungswortes übereinstimmen. Sinnvoller wäre es doch, wenn gleich ein paar mehr Kästchen vorhanden wären, falls die Wörter doch länger werden, als ursprünglich geplant. Beispielsweise hatte ich letztens eine wirklich kinderleichte Frage, für dessen Antwort aber die Kästchen hinten und

vorne nicht ausreichten. Es wurde gefragt, wie die Striche über den Vokalen heißen. Die Antwort sollte man in nur läppische dreizehn Kästchen quetschen. Kann mir mal einer sagen, wie die Lösung „Ä-Strichelchen, Ö-Strichelchen, Ü-Strichelchen" in fünf Kästchen passen soll? Auch könnte man das Kästchen, das sich die Buchstaben zweier Lösungswörter teilen muss, nämlich das vertikale und das horizontale, doppelt so groß gestalten, damit zwei Buchstaben darin Platz finden. Ab und zu ist der Buchstabe zwar identisch, aber darauf kann ich mich wirklich nicht immer verlassen.

Da es Ihnen ähnlich geht, würden Sie gern wissen, wie andere Kreuzworträtselbegeisterte dieses Problem lösen. Darum fragen wir unsere Assistenten doch einfach, welcher Tricks sie sich bedienen.

Assistentin C:

Wenn das Wort nicht passt, überlege ich, ob die Lösung vielleicht falsch ist und suche nach einem anderen Wort.

Ich erlaube mir einen kurzen Kommentar zu dieser Antwort. Nur weil das Wort nicht passt, heißt es doch nicht, dass es falsch ist. Es wäre ein großer Fehler, wenn wir uns von der Rätselindustrie vorschreiben ließen, wie wir etwas zu lösen haben. Wehren Sie sich gegen dieses aufgezwungene Diktat! Gehen Sie auf die Straße und demonstrieren Sie für Ihr Rätsel-Selbstbestimmungsrecht.

Assistent H:

Ich mache ein "" an die Stelle, wo ich das Lösungswort einschreiben würde und schreibe unter das Rätsel mit dem Vermerk "*" das „richtige“ Wort hin. Dadurch bleiben die Kästchen unangetastet und ich kann die Worte, die durch mein Lösungswort laufen würden, normal einschreiben. So gibt es keine Kollisionen.*

Assistentin SM:

Zuerst berechne ich die noch fehlenden Kästchen. Danach lege ich das Kreuzworträtsel auf mein Zeichenbrett und zeichne die fehlenden Kästchen dahinter. Später schreibe ich einen Brief an die Zeitschrift und mache sie auf ihren Fehler aufmerksam.

Assistentin SK:

Ich rufe bei der Redaktion der Zeitung an und teile ihr mit, dass es sich hier um einen Druckfehler handelt. Da die Felder, aus denen sich das Lösungswort ergibt, immer durchnummeriert sind, liegt offensichtlich ein Fehler im Rätsel vor, wenn das Lösungswort kürzer ist, als es durchnummerierte Felder gibt. Mein Glück: Ich bin die Einzige, die das erkennt und somit auch die Einzige, die die richtige Lösung einschickt. Also räume ich alle Preise ab.

Die Schönheit

Beschäftigen wir uns jetzt mit der Jugend und mit dem Wunsch nach dem ewigen Leben. Seien Sie ehrlich, haben Sie sich nicht auch schon in heimlichen Momenten gewünscht, Sie könnten ewig jung und gegebenenfalls schön bleiben (falls Sie jemals schön waren oder es noch sind)? Gehen Sie nun etwas tiefer in sich und öffnen Sie sich für Ihre heimlichsten Sehnsüchte. Merken Sie es? Dieses Verlangen nach Zellerneuerung. Die Hoffnung etwas zu retten, was eigentlich nicht mehr zu retten ist. Schauen Sie in den Spiegel und entdecken Sie Falten, Grübchen, Einschnitte an Stellen, die kürzlich noch völlig unangetastet wirkten. Nun aber lässt es sich nicht mehr überdecken. Die besten Cremes, Salben und Tinkturen versagen ihren Dienst und es scheint nur noch eines, vielleicht noch etwas anderes gegen die Zeichen der Hautalterung zu helfen.

Ich persönlich bevorzuge das Liften. Es geht einfach schneller. Aus der überschüssigen Haut habe ich mir schon verschiedene Utensilien anfertigen lassen. Meine Handtasche beispielsweise und ein Kugelschreiber-Etui. Wirklich sehr praktisch. Wer nun aber diese Hauruck-Aktion und das Skalpell scheut, könnte es möglicherweise mit einer Anti-Aging-Therapie versuchen. Es dauert zwar erheblich länger und bereits entstandene Hautfurchen lassen sich allenfalls etwas minimieren, aber durch eine Hormon-Kur könnten Sie ganz neue Seiten an sich entdecken. Zum Beispiel Haarwuchs an Stellen, die Ihnen bislang noch absolut fremd waren, da nie beachtet. Pickel, die Ihnen das Gefühl geben, Ihre Pubertätsphase ein zweites Mal zu durchleben oder eine schrittweise Umwandlung zum anderen Geschlecht. Ganz neue Erfahrungen tun sich Ihnen auf. Endlich könnten Sie als Frau beurteilen, wie es ist, ein Mann zu sein. Wollten Sie nicht schon immer wissen, wie es ist, eine behaarte, brustlose Brust zu haben?

Bleiben wir doch gleich beim Thema „Sex". Jeder will es, keiner tut es.
Wie ist das bei Ihnen? Die wenigsten betreiben ihren Sex in ihren eigenen vier Wänden. Am liebsten überfallen sie ihren Partner, wenn sie gerade am Wurststand oder an der Kinokasse in der Schlange stehen. Diese Schlangen narkotisieren das weibliche Geschlecht und machen es willenlos. Nun endlich kann das Männchen zur Paarung übergehen und tut es auf offener Straße. Nach guten drei Minuten ist der ganze Spuk vorbei und das Pärchen geht entweder ins Kino oder kauft sich die Wurst. Warum nun aber sind Schlangen so luststeigernd und verhelfen zu hemmungslosem Sex? Hier die Antworten unserer Assistenten:

Assistent H:

Die Schlange ist schon bei den Phöniziern ein Symbol der Manneskraft gewesen. Durch die Jahrhunderte hinweg gilt die Schlange in Zeichnungen als verstecktes Phallussymbol. Kommt jetzt noch der Gedanke an eine fette, lange Wurst hinzu, ist der sexuelle Lusttrieb nicht mehr zu bändigen. Bei Kassen hingegen kann ich diese Luststeigerung nur dann nachvollziehen, wenn vorne eine dumpfe, aber total gut aussehende, dickbrüstige, langbeinige Blondine sitzt, die mit Schmollmund lasziv einen Lolly lutscht. Es kann aber auch sein, dass man einfach ohnehin gerade geil ist, wenn man an einer solchen Schlange ansteht und dann denkt, es könnte ja auch an der Schlange selber liegen, dass man geil ist. Prinzip von Ursache und Wirkung.

Assistentin SK:

Wenn es zu einer Schlange vor der Kinokasse oder vor dem Wurststand kommt, dann rennen alle Leute weg. Es passiert bisweilen, dass zwei Leute in dieselbe Richtung laufen. Eine Person läuft zu sich nach Hause und verkriecht sich unter der Bettdecke und eine andere, die wie bereits geschildert in dieselbe Richtung läuft, kriecht zufälligerweise unter dieselbe Bettdecke. In diesen Fällen kommt es nicht selten zu sexuellen Erregungen.

Assistentin SM:

Vor lauter Langeweile (man muss ja meistens Stunden warten) vertreibt man sich die Zeit mit Sex.

Sex ist bekanntlich das Thema von dem niemand spricht, daher auch keiner was drüber weiß. Wie sieht es mit Ihnen aus? Sprechen Sie über Sex? Wie wurden Sie aufgeklärt?

Bei mir war das ein traumatisches Erlebnis. Als ich als Kind mal über eine Wiese lief – es war im Frühling und alle Blumen dufteten so herrlich –, da blickte ich verträumt übers Feld hinüber zu einer anderen Wiese. Dort wuchsen auch viele bunte duftende Blumen. An diese Wiese grenzte ein anderes Feld. Hinter diesem Feld nun war die nächste Wiese, die ebenfalls wieder an ein Feld grenzte. Diese Wiese, die hinter diesem Feld endete, war die, auf der sich alles abspielte. Zwei Hunde trafen sich. Einer kam vom Feld der andere von der Wiese. Sie schnüffelten an sich herum und dann geschah etwas, was mich plötzlich am Klapperstorch zweifeln ließ. Einer kletterte auf den Rücken des anderen und verbiss sich in dessen Genick. Dann rüttelte er hektisch mit seinem Unterleib hin und her. Nach drei Minuten war alles vorbei und der „Rüttelhund" machte sich davon. Der andere blieb wie betäubt auf der Wiese stehen und überlegte, ob er sich übers Feld oder über die Wiese fortstehlen sollte. Als der zurückgebliebene Hund zu mir herüberblickte schaute ich verschämt zu Boden und tat so, als ob ich nichts gesehen hätte. Auf einmal erblickte ich zwei übereinandersitzende Marienkäfer im Gras. Der obere rüttelte kräftig am unteren herum. Nach drei Minuten war alles vorbei und der „Rüttelkäfer" flog davon. Der Zurückgebliebene sah zu mir nach oben und ich wendete meinen Blick verlegen in eine andere Richtung. Als ich unvermittelt in das nächste Rüttelgeschehnis zwischen zwei Rindern blickte, wusste ich endlich, warum meine Schwester dem Nachbarsbauern so gerne im Frühjahr bei der Heuernte half. Als ich meine Schwester daraufhin ansprach und wissen wollte, was es mit dem Rütteln auf sich hätte, klatschte ihre Hand auf meine Wange und hinterließ einen kräftig roten Abdruck, der auch am nächsten Tag noch zu sehen war. Seitdem wusste ich auch, dass man übers Rütteln nicht laut spricht und dass es vermehrt auf Wiesen hinter den Feldern im Frühjahr zu rütteln beginnt.

Sicher sind Sie nun schon gespannt auf die „Aufklärungs-Bekenntnisse" unserer Assistenten.

Assistentin SK:

Eines Tages lief ich in meinem Elternhaus umher auf der Suche nach Mama und Papa. Es war weder Frühling noch gab es Felder oder Wiesen. Also begab ich mich zur Schlafzimmertür und bemerkte, dass sie verriegelt war. Irgendetwas sagte mir, dass dort etwas vor sich ging. Was, blieb meiner Phantasie überlassen.

Assistent H:

Ich bin ganz entspannt von meinem Dad aufgeklärt worden. Wann das war, weiß ich nicht mehr, aber wo, erinnere ich mich noch genau. Nicht auf einer Wiese oder einem Feld, sondern in einem Haus von Freunden in Heide. An Details erinnere ich mich nicht mehr, aber alles war ganz locker.

Assistentin C:

Mich hat meine Mama aufgeklärt und mir die Geschichte von den Bienen und Blumen erzählt. Von Wiesen und Feldern hat sie aber nichts gesagt.

Sex ist eine Zwanglosigkeit, der nur auf Erden nachgegangen wird. Der Himmel will mit diesem Sittenverfall nichts zu tun haben.

Der evangelische Gott, der ja derselbe wie der katholische Gott ist, nur geteilt, hat zwar nichts gegen Sex, übt ihn aber genauso wenig aus wie der katholische Gott, der Sex verbietet, solange man sich nicht fortpflanzen möchte. Weshalb hat ein und derselbe Gott zwei verschiedene Meinungen?

Der arme Gott kann gar nichts dafür. Eines Tages verschickte er ein paar Anordnungen adressiert an die Erdlinge. Es waren etwa zehn. Diese An-

leitung war eine Art Gebrauchsanweisung, damit
wir Menschen lernten, besser miteinander um-
zugehen. Leider machten sich nicht alle die Mühe und lasen die zehn Regeln sorgfältig durch. Es
ist übrigens heute noch so, dass manche Menschen Gebrauchsanweisungen einfach nicht verstehen. Für diesen nicht seltenen Fall werden die
meisten Gebrauchsanweisungen heutzutage
nicht mehr in Wort und Schrift angefertigt, sondern es wird dem Leser mit diversen Abbildungen zu einem besseren Verständnis verholfen.
Gott aber, mit halbem Herzen ein verkapptes
Schriftstellertalent, schrieb alles fein säuberlich
lesbar auf eine Tafel, um uns auf diese Art seine
Tipps zukommen zu lassen.

1. Keine anderen Götter außer ihn zu vereh-
   ren. (Hier waren wir allerdings ein wenig
   eigensinnig und haben anderen Göttern
   wie Manitu, Zeus und Co. auch eine Ge-
   legenheit zum Regieren gegeben. Schließlich, und das beweist sich in der Politik
   immer wieder, ist es nicht gut, wenn ein
   Staatsoberhaupt zu lange das Zepter in
   der Hand hält. Zu viel Macht verdirbt
   den Charakter. Daher haben wir die
   Macht an verschiedene göttliche Verwal-
   tungen verteilt.)
2. Du sollst den Namen „Gott" nicht miss-
   brauchen. (Warum ist er da nur so
   furchtbar eitel?)

3. Sonntags haben wir frei. (Ist doch 'ne feine Regelung.)
4. Vater und Mutter regelmäßig ehren. (Kein Problem, dafür haben wir ja den Mutter- und Vatertag eingeführt.)
5. Keinem dem Hals umzudrehen. (Eigentlich tun wir so was nicht. Aber Ausnahmen bestätigen leider die Regel. Mit diesen Ausnahmen machen wir kurzen Prozess. Wir verurteilen sie mit unseren weltlichen Gerichten zu lebenslanger Wegsperrung und lassen sie nach 8 Jahren wieder frei, damit sie weiterhin Gottes 5. Gebot missachten können.)
6. Du sollst nicht die Ehe brechen. (Hier sind wir etwas nachlässiger geworden. Jede 3. Ehe in Deutschland brechen wir, da wir es mit dem 6. Gebot nicht mehr so genau nehmen. Wirklich schade und absolut unverständlich. Schließlich hat man doch vor der Heirat genug Zeit, sich nach dem richtigen Ehepartner umzusehen, und kann verschiedene ausprobieren.
7. Du sollst nicht stehlen. (Okay, leichter gesagt als getan. Wie soll man denn sonst sein Geld verdienen?)
8. Du sollst nicht lästern. (Dieses Gebot finde ich sehr weise. Es ist gemein, hinter dem Rücken anderer zu spotten. Daher tue ich es nur im Beisein der Person.)

9. Du sollst deinem Nachbarn sein schönes Haus gönnen.

10. Du sollst seine Frau möglichst unattraktiv finden und die Finger von seinen Rindern und Eseln lassen.

Hätte Gott seinerzeit schon geahnt, dass seine zehn Regeln so wenig Anklang finden, er hätte sich auch einer bildlichen Darstellung bedient. Schließlich verlangte er nicht viel, lediglich die Einhaltung seiner gut gemeinten Ratschläge. Von Sex stand da übrigens nichts. Und schon gar nicht, dass Sex keinen Spaß machen darf. Einige aber machten kurzerhand aus den wenigen Regeln eine ganze Betriebsordnung. Diese neue Betriebsordnung nannten sie Bibel. Sie gründeten Ämter, die sie Kirchen nannten, von denen sie ihre Betriebsordnung verkündeten. Die Kirchen ihrerseits wuchsen zu einem großen Machtapparat heran und stellten nun ganz eigene Regeln auf. Sex war mit einem Mal verpönt.

Warum nur hatte die Kirche so ein Problem mit Sex und weshalb haben sie nun einen Gott, der katholisch und gleichzeitig evangelisch ist?

Assistent H:

Zu 1. Die Kirche hat kein Problem mit Sex. Das sieht man daran, dass die Pfarrer gerne mal kleine Kinder anpacken.

Zu den kirchlichen männlichen Beamten: Es gibt zwei Arten von Männern. Die einen mit, die anderen ohne Glied (das zierliche Ding zwischen den Beinen ...) Die mit Glied erhalten vom Schicksal einen normalen Beruf, eine gute Zukunft, Geld und eine nette Frau; vielleicht noch 2-5 Kinder, ein Haus, ein Boot, einen Hund und einen Gartenzaun. Die anderen werden kirchliche Beamte.
Zu 2. Gott ist so dermaßen flexibel, dass er sowohl für die evangelischen als auch für die katholischen Gläubigen da sein kann. Und nicht nur das! Er verkleidet sich mehrfach pro Sekunde in diverse andere Gottheiten. Manchmal schlüpft er auch in ein Klumpfuß-Kostüm.

Assistentin C:

Also ich weiß, dass die katholische Kirche Probleme mit Sex vor der Ehe hat, weil sie glauben, dass dies Sünde wäre, was mir natürlich völlig schleierhaft ist. Warum nun aber ein Gott in zwei Hälften geteilt wurde, weiß ich nicht. Auf jeden Fall ist die zweite Hälfte, also die katholische, strenger.

Assistentin SM:

Die katholische Kirche weiß gar nicht, was Sex ist, und das ist echt ein Problem.
Die kirchlichen Beamten dürfen deshalb keinen Sex haben, da Sex nun mal grundsätzlich am Arbeitsplatz verboten ist. Und da ein „Kirchenmensch" ununter-

brochen im Dienst ist, gibt's halt keinen Sex. Jeden-
falls keinen offiziellen.
Gott wurde in einen katholischen und einen evangeli-
schen Gott aufgeteilt, da auch die Kirchen umstruktu-
rieren mussten, um Arbeitsplätze einzusparen. Frei
nach dem Motto „Jobsharing".

Vielleicht würde Gott gerne mal etwas anderes machen. Zum Beispiel einmal kein Gott sein, sondern ein paar Tage Urlaub auf einer sonnigen Südseeinsel genießen. Geht es Ihnen nicht ebenso? Möchten Sie nicht vielleicht mal was tun, was Sie sich bloß noch nie gewagt haben? Zum Beispiel Ihrem Chef so richtig die Meinung geigen? Was er doch für ein jämmerlicher Lappen in Ihren Augen sei und wie hässlich Sie seinen Haarscheitel finden, den er sich fortwährend über seinen Kahlkopf kämmt. Würden Sie ihm nicht gerne Ihre Kündigung unter die Nase halten, um ihm danach so richtig genüsslich in die Suppe zu spucken?

Ja, das kann ich gut verstehen. Das wünscht sich die halbe Menschheit und nicht mal die Hälfte der Halben tut dies. Warum wohl nicht? Weil fünfzig Prozent der Hälfte aller Menschen einfach zu feige dafür sind? Ich weiß es nicht. Aber eines weiß ich sicher: Es tut furchtbar gut, wenn man es mal gemacht hat. Sie sollten es unbedingt so bald wie möglich ausprobieren, vielleicht finde ich dann endlich wieder einen Job.

Haben Sie sich schon mal etwas arglistig ergaunert?

Das ist harte Arbeit, glauben Sie mir. Vor ein paar Wochen unterhielt ich mich mit einem Einbrecher, den ich auf frischer Tat beim versuchten Stibitzen in unseren vier Wänden erwischt hatte. Bevor ich ihn überführte, ließ ich ihm noch ein wenig Zeit, damit er wenigstens nicht mit ganz leeren Händen fortgehen musste. Es gab nämlich rein nichts in unserer Wohnung zu stehlen, womit er eine „fette Beute" hätte machen können. Absolut nichts. Was schlicht und ergreifend daran lag, dass wir einfach nichts besaßen. Da er mir direkt ein wenig leid tat, vereinbarte ich mit ihm, dass er noch weitere 10 Minuten zum Einbrechen von mir erhielte, wenn er mir danach erklären würde, wie man so etwas professionell ausübt. Ich spekulierte, mir einen kleinen Nebenjob zuzulegen. Der Deal stand und nach kurzer Zeit verriet er mir seine Tricks. Wirklich sehr freundlich fand ich von ihm, dass er ehrlich eingestand, dass sich dieser Beruf kaum noch rentieren würde und mir daher davon abriet. Die Wirtschaftsflaute mache sich auch in dieser Branche auffallend bemerkbar. Außerdem, so der Einbrecher, würden auch ihn die Kürzungen hart treffen, da er in seinem Beruf viel mit dem Auto unterwegs wäre und die gefahrenen Kilometer nur noch bedingt absetzbar wären. Da er selbstständig wäre, bliebe von dem Erbeuteten ohnehin nur noch die Hälfte über, weil er schließlich seinen Verdienst nachträglich versteuern müsse. Nach diesem Gespräch verstand ich überhaupt nicht mehr, warum immer mehr Menschen dieser unehrenhaften Tätigkeit nachgehen.

Der Wind

Wissen Sie eigentlich, woher der Wind kommt? Machen Sie sich nichts draus, wenn Sie es nicht wissen. Wer weiß schon, woher etwas kommt, was man nicht mal sehen kann. Hätte Wind eine Farbe oder eine Form, könnte man sich auf die Lauer legen, um den Ursprungsort zu ermitteln. Es würde zwar viel Zeit und Mühe kosten, aber eines Tages würde man die Windquelle schon finden. Die meisten Menschen vermuten nur Verschiedenes zu diesem Thema, leider kennt kaum einer die korrekte Erklärung.

Wissenschaftlich gesehen ist dies relativ schwer zu beantworten. Aber ich möchte trotzdem versuchen, dies in ein paar verständlichen Sätzen zu veranschaulichen.
Wind entspringt einer Windquelle. Diese Quelle hat ihren Ursprung in einem Kraterloch, das tief bis ins Erdinnere führt. Dort wird der Wind gebildet aus verschiedensten Elementarteilchen. Quarks und Antiquarkteilchen, verschiedene Austauschteilchen, Elektronen und Neutrinos. Diese Teilchen erhalten ihre Energie aus dem Erdinneren. Die Hitze von Magma und Lava, der magnetische Erdkern und Staub und Geröll, sorgen für eine Verschmelzung der Elementarteilchen. Nun bildet sich das Neutron, das naturgemäß nicht stabil sein kann und nach durch-

schnittlich 10,25 Minuten in ein Proton zerfällt.
Dieser Zerfallsprozess von ziemlich vielen Neutronen verursacht enorme Windmengen. Diese werden durch den Druck, der durch den Zerfall der Neutronen entsteht, den Kraterschlund nach oben gedrückt und durch die Wolken auf der ganzen Erde verteilt. Die Wolken sind sozusagen eine Windverteilermaschine. Hier gehen die Meinungen aber weit auseinander. Einige Wissenschaftler behaupten, dass nicht die Wolken, sondern die vielen Flugzeuge als unabsichtliche Windverteiler operieren. Überdies geben sie ihnen die Schuld an den sich mehrenden Orkanen und Unwettern. Jedes Flugzeug würde cirka 250.000 Kubikmeter Wind vor sich herdrücken, aus dem sich enorme Windhosen oder übermächtige Tornados bilden können. Wieder glauben wir Menschen, einen Beweis dafür gefunden zu haben, dass wir unschuldig an den verheerenden Naturkatastrophen sind, die an Gewaltigkeit immer mehr zunehmen.

Aber die eigentliche Frage war diese: Woher kommt unser Wind?

Die Assistenten haben zu dieser Streitfrage ihre eigenen Vorstellungen.

Assistentin C:

Am Wind ist die kalte und warme Luft schuld. Die Wolken sind Träger von Wasser und nicht von Wind. Und für die Flugzeuge sind selbstverständlich die

Menschen verantwortlich. Nur Wind liefern sie nun wirklich nicht.

Assistent KF:

Diese Erdenhand ausfindig zu machen, die den Wind verteilt, ist recht schwer und die letzten Jahrtausende ließ sich keine Spur jener Apparatur ausmachen. Es entstanden verschiedene Herangehensweisen für die Verteilung von Wind. In der Urzeit bildeten sich fliegende Dinosaurier und Vögel. Später versuchten die Holländer es mit Windmühlen und heute gipfelt alles in den erfolgreichen Flugzeugen als Wind-Verteilungseinrichtungen.

Assistent H:

Man kann sagen, dass der Wind eine Verdauungsstörung des Vulkans darstellt. Wenn ein Vulkan etwas Falsches isst, dann bekommt er Bauchgrimmen, das sich nach einiger Zeit in sogenannten „Winden" manifestiert. Diese riechen übel nach faulen Eiern und sind schwerer als Luft. Wird der Wind über den Vulkankegel hinausgedrückt, dann müsste er sich also in die umliegenden Vulkantäler ergießen und alles Leben dort ersticken. Tut er aber nicht, denn obwohl der Wind (nennen wir ihn doch einfach „Ferdl") übel riecht, ist er ein guter Freund von Flora und Fauna.
Da der Ferdl so furchtbar nett ist, sieht er also zu, dass er sich ganz schmal macht, um niemanden aus Versehen zu ersticken, und schleicht sich meist zwi-

schen 14.15 Uhr und 14.17 Uhr durch die Walachei in die ewigen Jagdgründe davon.

Die Windverteilung nehmen nicht die Wolken oder Flugzeuge vor, sondern Bob Brown aus Kentucky. Bob ist hauptberuflich Windverteiler und macht den ganzen Tag nichts anderes als Winde auf der ganzen Welt zu verteilen. Die Ausbildung ist hart und man muss einige Voraussetzungen mitbringen. Zum Beispiel muss man mindestens 400 Jahre alt werden, weil die Ausbildung (man ist ja immerhin auf der ganzen Welt zeitgleich tätig) ungefähr 68 Jahre dauert. Wie der Job genau funktioniert, kann ich leider nicht sagen, weil alleine das grobe Erklären sechs Monate in Anspruch nehmen würde.

Die Windrichtung wird übrigens von Bergen, Wäldern oder Hochhäusern beeinflusst.

Der Wind prallt beispielweise an einem Berg ab und bläst dann wieder in die entgegengesetzte Richtung. Manchmal prallt er dann an ein Hochhaus, einen Deich oder einen Wald. Das führt zu Wechselwinden. Wenn es keine Berge gäbe, dann würde der Wind kontinuierlich aus derselben Richtung blasen und eines Tages würde unsere Erde in eine Schieflage geraten, was zur Folge hätte, dass wir nicht mehr aufrecht gehen könnten und immerzu in die abschüssige Richtung abdriften müssten. Zum Glück hat die Natur hier vorgesorgt und riesige Erhebungen und Gebirge entstehen lassen.

Aber was wären all die Berge ohne unseren magnetischen Erdkern?

Wir würden einfach so ins Weltall davonschweben, falls wir uns nicht mit Seilen am Boden gesichert hätten. Das Glück, dass uns die Erde dank ihrer magnetischen Anziehungskraft festhält, nehmen wir als Selbstverständlichkeit hin. Ab und zu sollten wir ein klein wenig dankbarer sein. Aber unser Magnetkern ist in diesem so großen Universum gar keine Besonderheit. Denn auf Magneten treffen wir überall.
Ein Magnet ist ein Körper, der in seiner Umgebung ein Magnetfeld erzeugt. Nicht nur eisenhaltige Materialien fühlen sich dadurch stark angezogen. Die Pole des Magneten werden nach den Erdmagnetpolen benannt. Nord- und Südpol. Gleichnamige Pole stoßen sich ab, ungleichnamige ziehen sich an. Ähnlich wie in der Liebe. (Aber dazu komme ich später.)
Kommt nun ein ungleicher Magnetpol auf einen gleichen Magnetpol zu, stürzen sie ineinander und sind zu einer ewigen Verbindung verdonnert. Besser man weicht ungleichen Magneten grundsätzlich aus. Sie können sehr gefährlich sein. Gleiche Magneten hingegen sind soweit harmlos und können selbstverständlich ohne Bedenken berührt werden.
Zahlreiche Himmelskörper verfügen über einen Magnetkern, nicht nur unsere Erde. Dieser Kern ist ein gleicher Magnet und absolut nordpolori-

entiert. Das heißt er ist einpolig. Würde er sich versehentlich einem anderspoligen Planetenkern nähern, einem der zum Beispiel südpolorientiert wäre, würden sich diese übermächtig großen Magnetkerne sofort anziehen und die Planeten würden ineinanderstürzen. Zum Glück hat die Natur dafür gesorgt, dass alle Planeten in einem Sonnensystem gleichpolig sind. Daher könnte es niemals zu solch einer Katastrophe kommen. Die Sonne allerdings hat einen Südpolkern, damit alle ihre Planeten sie in einem angemessenen Abstand umkreisen können und nicht ins so große Weltall abdriften.

Aber nicht nur der Magnetkern der Himmelskörper ist für die gegenseitige Anziehung verantwortlich. Sondern ebenso die Schwerkraft sorgt für eine Anziehungskraft der Massen.

Die Schwerkraft ist, wie der Name schon sagt, eine „schwere Kraft". Diese „schwere Kraft" setzt sich zusammen aus den verschiedensten Elementarteilchen, die in einem sehr ausgeglichenen Verhältnis zueinander wirken. Wäre dies nicht der Fall, würde die Schwerkraft, auch Gravitation genannt, in sich zusammenfallen und ein „Schwarzes Loch", auch Gravitationskollaps genannt, würde entstehen.

Diese Gravitationskraft ist jene „schwere Kraft", die das Uhrwerk Weltall zusammenhält. Der Mond ist von der Schwerkraft der Erde eingefangen und umkreist sie. Die Erde ist von der Schwerkraft der Sonne eingefangen und umkreist sie. Die Sonne ist von der Schwerkraft des Milchstraßenzentrums eingefangen und umkreist es. Alles umkreist alles, weil die Gravitation im ganzen Universum wirkt. Der gesamte Kosmos ist eine reine Schwerkraft.

Was ist nun ein schwarzes Loch?

In einem schwarzen Loch sind alle Regeln der Schwerkraft außer Kraft gesetzt. Alles, was in die Nähe des Lochs gerät, fällt hinein und wird unwiederbringlich verschluckt.

Wohin?

Hier kommen wieder unsere Dimensionen ins Spiel. Stellen Sie sich noch einmal unser Blatt Papier vor, nur diesmal als langen Streifen. Heften wir die beiden Enden des Streifens zusammen und verdrehen es zuvor einmal. Würden wir nun einen beliebigen Punkt auf der Oberfläche des Papierstreifens anvisieren und uns von diesem Punkt nach links oder nach rechts weiterbewegen, kämen wir zwangsläufig immer wieder an diesem Punkt an. Egal, welche Richtung wir einschlügen. So stellen Sie sich jetzt das Universum vor. Nehmen wir nun an, Sie würden erst mal nicht ins schwarze Loch fallen, sondern hätten die Möglichkeit, vorab eine kleine Rundtour durchs All zu starten. Ihre Tour würde am Loch beginnen und Sie flögen in eine beliebige

Richtung. Eines Tages, (dieses „eines Tages"
würde aber wirklich lange dauern ... sehr lange)
würden Sie an diesem schwarzen Loch wieder
ankommen.
Sie könnten aber Ihre Reisedauer halbieren, in-
dem Sie einfach in unser schwarzes Loch hinein-
flögen. Auf dem Papierstreifen müssten Sie also
wieder ein „schwarzes" Loch bohren und hin-
durchgehen. Wenn Sie jetzt von diesem neuen
Punkt hinter dem Loch Ihre Reise heimwärts
zurück zum Loch antreten wollten, bräuchten Sie
nur noch halb so viel Zeit. Sie sind innerhalb
kürzester Zeit zu einer anderen Stelle des Universums gereist und haben kaum Strecke zu-
rückgelegt (lediglich eine „Lochstrecke"). Das ist
doch toll! Verstehen Sie, was ich meine?

Wie entsteht so ein schwarzes Loch?

Die Wissenschaftler glauben, dass so ein Loch
durch die Explosion eines Riesensternes entsteht.
Dieser Erklärungsversuch kommt dem „Loch-
problem" schon sehr nahe. Der massereiche
Stern sprengt gewissermaßen ein Loch ins Vakuum.
Und warum verschwindet alles, was sich dem
schwarzen Loch nähert, unwiederbringlich darin?
Es ist eine Art Staubsauger-Effekt. Das Vakuum
hinter diesem Vakuum (stellen Sie sich vor, es
wurde eine Tür geöffnet, die aber in denselben

Raum führt, aus dem Sie gerade kommen) saugt
das Vakuum an dieser Stelle auf. Das tut es darum, weil es sich ja um dasselbe Vakuum handelt. (Stellen Sie sich vor, Sie würden auf sich
selber treffen. Würden Sie nicht auch versuchen,
sich aufzusaugen?) Da der Sauger nicht nur sein
eigenes Vakuum einverleibt, sondern wild drauf
lossaugt, kann alles andere in der Umgebung mit
in den saugenden Rüssel geraten.

Dieses „Loch-Geheimnis" möchten unsere Assistenten gerne tiefgründiger als ich beleuchten.

Assistent H:

*Wenn der „Große Borgol" mit seinem Piekser ein
Loch in die Raum-Zeit-Wand piekt, (das macht er
manchmal, wenn er Langeweile hat) dann entsteht so
ein schwarzes Loch. Das entstehende Vakuum hinter
dem schwarzen Loch ist gelb geladen, das vor dem
schwarzen Loch entstehende Vakuum ist blau geladen. Die Farben Blau und Gelb vertragen sich bekanntlich nicht und da Gelb in der allgemeinen Phy-
sik stärker als Blau ist, vereinnahmt das gemeine Gelb
das arme Blau einfach.*

Assistentin SK:

*Nun ja, das All ist manchmal depressiv und anstatt
in ein tiefes Loch zu fallen, entspringen überall so
schwarze Flecken, die sogenannten schwarzen Löcher.
Zur Problemstellung, warum das Vakuum vor dem*

Loch das Vakuum hinter dem Loch aufsaugt, kann ich nur Folgendes sagen: Es kommt darauf an, wo man sich gerade im All befindet. Eigentlich sind ja alle Seiten VOR dem schwarzen Loch, auch HINTER dem schwarzen Loch. Daher ist es auch entscheidend, wie herum das Loch gerade ist. So gesehen kann man eigentlich gar nicht genau definieren, ob nun das Vakuum dahinter das Vakuum davor aufsaugt oder anders herum.

Assistent P:

Ein schwarzes Loch ist so etwas wie der Abfluss in einer Badewanne, den die Natur als Rettungsweg eingebaut hat. Wird ein Universum zu groß und sammelt zu viel Müll an, kann einfach der Stöpsel gezogen werden.

Schwarze Löcher kommen in der Regel im Universum vor. Würde es den Weltraum also nicht geben, dann hätten auch schwarze Löcher keine Daseinsberechtigung.

Welche Berechtigung hat das Weltall überhaupt zu existieren? Wie konnte es entstehen?

Viele schlaue Fachgrößen behaupten ja, dass unser Kosmos mal seinen Anfang im Urknall nahm. Alle Materie war zu einem bestimmten Zeitpunkt in einem überdichten und heißen Zustand. Dann plötzlich machte es puff (warum und wie es puff machte, versuchen viele Berechner und

Konstruierer zu berechnen und zu konstruieren) und alles Staub und Geröll flog auseinander. Von diesem Zeitpunkt an soll das Universum entstanden sein. Galaxien bildeten sich und auch unsere Milchstraße.

Natürlich ist das alles blanker Unsinn. Das Universum ist nicht durch einen Big Bang entstanden. Es brauchte nicht zu entstehen, da es immer schon da war. Nicht alles hat einen Anfang und ein Ende. Nur unser minderer Menschenverstand kann das einfach nicht erfassen. Wir müssen erst eine Seele werden, um dies zu durchschauen.

Der Kosmos existiert schon immer, und das wird sich auch niemals ändern. Er verändert sich zwar, Sonnen, Planeten und Monde kommen und gehen, Galaxien stoßen mit anderen Galaxien zusammen, alles umkreist sich fleißig, aber das war niemals anders, denn alles war immer da.

Unser Kosmos ist auch nicht der Einzige. Es gibt noch unendlich viele andere. Alles ist eine riesige Mechanik. Für uns nicht mehr fassbar.

Ich will es mal kurz und knapp so beschreiben: Ein Möndchen umkreist seinen Planeten. Der Planet umkreist seine Sonne. Das Sönnchen umkreist ihr Galaxienzentrum. Das Galaxiechen umkreist eine oder mehrere andere Galaxien und bildet einen Galaxienhaufen. Die Galaxienhäufchen umkreisen andere Galaxienhaufen und bilden ganz besonders große Galaxienhaufen. Die ganz besonders großen Galaxienhaufen umkreisen nun ebenso ganz besonders große Galaxienhaufen und bilden alle gemeinsam mit dem Staub und Geröll das Weltall. Das Weltallchen umkreist ein anderes Weltall und bildet einen Weltallhaufen, welcher wiederum den nächsten Weltallhaufen umläuft und immer so weiter.

Klar?

Die Gefahr der Natur

Irgendetwas atmen alle Lebewesen dieser Erde, meistens Sauerstoff. Natürlich wussten Sie bereits, dass selbst Pflanzen atmen. Nur haben diese keine Nasen, sondern Chlorophyll, auch Blattgrün genannt. Mit Hilfe dieses Grüns atmen sie tagsüber aber keinen Sauerstoff, sondern sie atmen schlechte Luft ein, um sie in gute umzuwandeln. Wir sollten also nicht zu viel von unseren Regenwäldern abholzen. Aber zu wenig auch nicht, denn abends atmen Pflanzen nämlich ebenso unseren kostbaren Sauerstoff und nehmen ihn uns wieder weg. Mein Leitspruch ist immer folgender:

Alles in Maßen ist gut!

Und so sehe ich das auch mit den Pflanzen. Gäben wir der Natur wieder die Vorherrschaft über unsere gute alte Erde zurück, dann wäre das unser Untergang. So aber haben wir doch alles gut im Griff. Wir haben die Macht, unser Klima zu verändern. Das kann nicht jeder. Schnell haben wir gelernt, dass wir nur ein bisschen Dreck in die Luft schleudern brauchen, um uns hier etwas einzuheizen.

Nein, die Natur ist wirklich nett und wir alle mögen sie. Auch teilen wir gerne unseren Sauerstoff mit ihr in der Nacht. Aber wir müssen sparsam umgehen mit unseren Ressourcen. Natur in

Maßen ist soweit schon in Ordnung, aber zu viel könnte gefährlich werden.

Assistent H:

Ja. Pflanzen sind nicht mehr tragbar in unserer immer schneller drehenden Welt. Ich habe da letztens mit einer Verkehrsampel drüber gesprochen und die sagte, dass all ihre Freunde das genauso sehen würden. Pflanzen stellen eine Bedrohung für Mensch und Ampel dar. Es wäre nicht ausgeschlossen, dass wir vielleicht sogar Krieg gegen die Flora führen. Eine Armee aus Menschen, Ampeln und Teppichvorlegern würden gemeinsam in aggressiver Weise Brandroden und Pflanzendörfer plündern. Das wäre eine Drohung für alle Pflanzen auf dieser Welt, sich nicht mit uns anzulegen!

Assistentin C:

Nein, um Gottes willen! Wir brauchen unsere Pflanzen, denn die produzieren unter anderem auch Sauerstoff. Heißt glaube ich, Photosynthese. Ist ja gerade schlecht, dass immer mehr Wälder gerodet werden.

Assistentin SK:

Naa, so is des net. Also, die Bluamen verbrauchen den schlechten Sauerstoff, also nämen sie uans den guaten doch goar net weg. Und wenn's des am Oab'nd doch tuan, dann merk'n wia des ja net so, waal wia dann ja schloafen tuan.

Assistent P:

Die Menschen sollten sich nicht so wichtig nehmen. Die Bäume haben ja auch ältere Rechte als wir. Schließlich waren sie vor uns da. Wenn das der Menschheit nicht passt, soll sie doch woanders hingehen. In unserem Sonnensystem gibt es jede Menge anderer Planeten ohne einen einzigen Baum.

Die Natur hat wirklich Unterschiedlichstes an Leben hervorgebracht. Pflanzen sind zwar grün, aber es hat einen entscheidenden Nachteil, eine Pflanze zu sein. Sie können sich beim besten Willen nicht von der Stelle bewegen. Sie haben weder Beine noch einen Schwanz. Menschen und Tiere haben da einen fundamentalen Vorteil. Allesamt haben einen Schwanz. Ist Ihnen das schon mal bewusst geworden?
Sie sollten immer am Ball bleiben und sich unentwegt für alles interessieren. Wenn Sie mit Scheuklappen durchs Leben streifen und Ihnen die wichtigen Details durch die Lappen gehen, dann zieht das Leben doch ungeachtet an Ihnen vorbei.

Beim Menschen ist der Schwanz zwar etwas verkümmert, aber er ist durchaus noch da. Man nennt dieses Schwänzlein Steißbein. Beim Pferd ist es der Schweif, beim Schwein der Ringelschwanz, beim Kaninchen ein Bommel, beim Fisch die Schwimmflosse, selbst Reptilien wie Eidechsen haben einen. Manche von ihnen können diesen Schwanz bei Bedarf abschmeißen und siehe da, nach einiger Zeit ist er ganz von allein wieder nachgewachsen. Die Schlange dagegen ist ein einziger Schwanz. Ohne Arme und Beine leben zu müssen, ist sicher nicht leicht.

Lange Zeit rätselten die Wissenschaftler über das Schwanzphänomen und fanden einfach keine Erklärung für dieses längliche Anhängsel. Inzwischen wissen wir aber, dass der Schwanz eine Art Reservespeicher für Gehirnzellen darstellt. Umso größer der Speicher ist, desto potenter arbeitet unser Verstand. Diese Erkenntnis lässt sich aber leider nicht auf das männliche Glied projizieren. Hier ist die Wirkungsweise eher umgekehrt zu verstehen. Umso mehr Glied, desto weniger Hirn.
Schauen wir uns nun die Größenverhältnisse der Schwänze in der Natur an und wundern uns, dass unser Schwänzchen nicht größer ist als das der Tiere. Schließlich behaupten wir von uns, ganz oben in der Kette der Evolution zu stehen.
Da unser Schwänzchen leider so furchtbar klein ist, werden wir niemals in der Lage sein, diese Frage eingehend zu beantworten. Dazu fehlt uns einfach der Schwanz.

Neuerdings nehmen verschiedene Wissenschaftler an, dass Meerschweinchen möglicherweise außerirdischer Natur sind, da sie als einzige Lebewesen ohne schwanzartiges Gebilde auskommen. Es wäre durchaus möglich, so die Forscher, dass Meerschweinchen sich vor einigen hundert Jahren unerkannt unters Tiervolk gemischt hätten und somit die Invasion nicht mehr aufzuhalten ist. Ihre Vermehrung erfolgt unnatürlich schnell und könnte in einigen Jahren dazu führen, dass sie uns fast schwanzlosen Menschen die Weltherrschaft streitig machen. Könnte also sein, dass jeder Mensch, der schon mal ein Meerschweinchen gesehen hat, bereits Kontakt mit einer außerirdischen Rasse hatte.

Wolkenzauber

Die meisten Menschen glauben zu wissen, wie ein Gewitter entsteht und behaupten, dass sich bei einem Gewitter elektrische Spannungen zwischen den Wolken entladen. Entweder innerhalb einer Wolke oder zwischen Wolke und Erde. Mal ehrlich, haben Sie schon irgendwann gehört, dass Wolken elektrisch sind?

Ein Gewitter ist wirklich schön anzusehen. Dieses Lichtspiel am Himmel, gepaart mit diesem gewaltigen Donnerkrachen kann schon faszinieren.

Aber auch Wolken haben etwas Magisches an sich. Es gibt sie in so vielen verschieden Formen und Größen. Immer wenn ich sie sehe, stelle ich mir vor, wie es wäre, in eine Wolke hineinzufallen. Sicher, man würde durch sie hindurchfallen, aber wo bleibt Ihre Fantasie? Eine Wolke sieht doch aus, wie ein herrlich weicher Wattebausch. Denken Sie nicht auch, wenn Sie einen herrlich weichen Wattebausch sehen, dass Sie sich kurzerhand auf ihn setzen möchten? Seine Weichheit spüren und sich auf ihm geborgen und beschützt fühlen, sich von ihm umwickeln und zärtlich streicheln lassen. Eine Wolke strahlt so viel Gleichklang und Harmonie aus. Sie zu beobachten ist wie eine Wellness-Kur oder eine entspannende Reise in Ihr Unterbewusstsein. Da sollten Sie öfter mal hin, denn dann würden Sie

viel mehr über sich selbst erfahren. Sie glauben, Sie würden alles über sich wissen, was nötig ist? Blicken Sie in eine Wolke und Sie werden erkennen, dass Sie sich irren.
Wissenschaftlich gesehen, sind Wolken nicht nur die Träger unseres Windes, sondern bringen auch den Regen. Woher wissen Wolken, wann sie regnen müssen? Warum eigentlich regnet es niemals aus einer weißen Wolke?

Assistentin C:

Die grauen Wolken wollen uns damit anzeigen, dass in ihnen viel Wasser steckt, was dann bald rausregnet.

Assistent H:

Wenn Wolken weiß sind, dann sind sie total glücklich und ausgeglichen. Geht es ihnen nicht gut, sind also krank und deprimiert, dann verfärben sie sich dunkel. Je schlechter es ihnen geht, desto dunkler werden sie. Und wenn es ihnen schlecht geht, dann weinen sie ganz viel (Wolken sind nämlich nah am Wasser gebaut). Dies interpretieren wir als Regen.

Assistentin SK:

Wenn sich viel Wasser ansammelt, werden die Wolken grau und so schwer, dass sie sich entleeren müssen. Eine andere Alternative wäre natürlich, dass sie gleich vollständig, also als ganze Wolke vom Himmel fallen, aber das wäre recht gefährlich, wenn Wolken irgendwo auf der Straße rumliegen würden.

Assistent P:

Früher hat es natürlich aus weißen Wolken geregnet. Aber da die Wolken das Wasser zum Regnen aus dem Meer holen, sind Regenwolken jetzt halt grau, weil das Meer so verschmutzt ist.

Liebe und Sucht

Glauben Sie an die Liebe? Die große? Das ist absolut in Ordnung. Jeder sollte seine kleinen Hoffnungen und Wünsche haben. Davon zerrt ein Mensch sein ganzes Leben lang. Hat er keine Hoffnung und auch keinen Wunsch mehr, dann ist sein Leben verwirkt. Hoffen Sie ruhig weiter darauf.

Sie glaubten mal, jemanden geliebt zu haben? Vielleicht Ihren Partner? So eine Weile. Einen gewissen Abschnitt in Ihrem Leben. Dann aber – nach dieser Weile – stellten Sie fest, dass es eigentlich nur einen einzigen Menschen in Ihrem Leben gibt, den Sie wahrhaftig treu und bedingungslos lieben können: sich selbst.

Sie vertrauen sich vorbehaltlos. Sie erzählen sich alles und haben nicht die geringsten Geheimnisse vor sich selbst. Sie wissen genau, was Sie sich anvertrauen, plaudern Sie auch nicht weiter. Falls doch, haben Sie es vorher mit sich abgesprochen. Sie üben keine stumpfe Kritik an sich. Sollten Sie doch mal im Unreinen mit sich selbst sein, können Sie sich verzeihen und sind nicht nachtragend. Sie erlauben sich alles, wonach Ihnen der Sinn steht und sind sich selbst gegenüber so schrecklich tolerant. Es gibt einfach nichts, was Sie tun könnten oder wollten, um sich nicht immer etwas mehr zu lieben als andere.

Würde es Ihnen gelingen, wenigstens ein Quantum dieser Nachsicht und des Verständnisses für einen anderen Menschen aufzubringen, dann könnte man möglicherweise von Liebe sprechen. Aber wollen wir uns mal nicht zu weit aus dem Fenster hängen. Liebe ist eben nur ein Wort. Wir haben ihm seit jeher mehr Bedeutung beigemessen, als ihm tatsächlich zusteht. In Wahrheit ist Liebe ernüchternder Weise rein physiologisch zu erklären:

Ein weiblicher Mensch trifft auf einen männlichen Menschen. Sie beginnen, sich zu lieben (sie glauben es). Die Hormondrüsen der Frau schütten verschiedene Hormone, die einen magnetischen Südpol besitzen, in den Blutkreislauf aus. Die Keimdrüsen des Mannes verbreiten zahlreiche Hormone, die einen magnetischen Nordpol aufweisen. Es entsteht eine hormonell gesteuerte Leidenschaft zwischen dieser Frau und diesem Mann, weil die ungleichnamig gepolten Hormone sich durch das Körpergewebe hindurch anziehen. Die ersten sechs Monate stößt der Körper der Frau und des Mannes kontinuierlich Südpol und Nordpolhormone in die Blutbahnen. Wir verwechseln diese sogenannte „Hormo-sü-no"-Leidenschaft mit Liebe. Nach einem guten halben Jahr senken die Hormondrüsen beider Beteiligten die Produktion und wiederum vier bis sechs Monate später ist die Quelle versiegt. Nun werden andere Hormondrüsen aktiv, die das Gewohnheitshormon aussenden.

Dieses Gewohnheitshormon, das in der Fachsprache „Endokrines-Nicht-Mehr-Magnetisches-Hormon-Sondern-Abgeschlaffte-Variante" heißt, kurz „ENMMHSAV", sorgt dafür, dass man sich trotz Verlust der hormonellen Leidenschaft noch zum Partner hingezogen fühlt. Man findet ihn nun nicht mehr anziehend, sondern nett und kuschelig.

Sie sehen, mit Liebe hat das alles überhaupt nichts zu tun. Trotzdem will ich Ihnen die Illusion nicht nehmen, doch noch eines Tages auf den Menschen zu treffen, dessen Hormondrüse befähigt ist, die Ihre ununterbrochen zu stimulieren.

Aber warum werden immer mehr Menschen ihrem Partner untreu? Schließlich müsste sie doch das Gewohnheitshormon vor solchen Fehltritten schützen.

Die Produktion des Gewohnheitshormons lässt in winzig kleinen Schritten nach. An dessen Stelle nun tritt allmählich das sogenannte Egoismushormon. Dieses Hormon produziert der Mensch sein ganzes Leben fast ununterbrochen und gerät nur dann ins Hintertreffen, wenn der Mensch von der bereits erwähnten „Hormo-sü-no"-Leidenschaft befallen wird. Dann und nur dann, passiert es, dass der Mensch zu antiegoistischen Handlungen fähig ist, da seine Nordpol- oder

Südpolhormone die Ichsüchtigkeit unterdrücken. Die meiste Zeit unseres Lebens aber werden wir durch unsere Egoismushormone bestimmt und geprägt.

Aber nicht nur die Hormone steuern die Geschicke unseres Daseins, sondern auch die Gene.
Die Forscher haben beispielsweise festgestellt, dass einige unter uns ein besagtes Raucher-Gen in sich tragen, daher also unschuldig an ihrer Sucht sind. Sollten Sie sich das Rauchen abgewöhnen wollen, lassen Sie es besser. Es wird Ihnen nicht gelingen, solange Sie das Raucher-Gen in sich tragen.
Aber auch unsere Alkoholiker und Selbstmörder brauchen sich zukünftig nicht mehr für ihr Laster zu schämen. Denn ab sofort gibt es ebenso für sie eine Ausflucht. Zwei heimtückisch verantwortliche Gene wurden während mühevoller Nachforschungen aufgespürt. Erfreulicherweise.
Neuerdings ist man auf der Suche nach dem Mörder-Gen. Sollte man hier erfolgreich sein, könnte man zukünftig die Straftäter verhaften, bevor es jemals zu einer Straftat gekommen ist. Wir Mörder-Genlosen würden uns doch endlich viel sicherer fühlen.

Ich selbst glaube ein Sonnen-Gen in mir zu tragen. Immerzu muss ich mich unters Solarium legen oder aale mich auf einer gemütlichen Decke im Schwimmbad und hoffe, durch konsequentes längeres Liegen einen ansprechenden Teint zu erlangen. Möglichst ins Bräunliche gehend. Das versuche ich regelmäßig und bin wahrhaftig ausdauernd dabei. Aber es will sich einfach kein Erfolg einstellen. Meine Haut wird nicht richtig braun. Rot dagegen umso öfter. Leider hält die rote Farbe auch nicht so ausgiebig. Ich wäre ja froh, wenn sich überhaupt etwas an meinem Teint ändern würde. Spätestens am dritten Tag muss ich meine rote Farbe wieder auffrischen und brutzle mich so ein gutes Stündchen unterm Solarium. Schön wäre es, wenn der mühsam erlangte rötliche Farbton nicht auch noch anlässlich einer unerwünschten Bläschenbildung abblättern würde. Als ich einen Hautarzt zurate zog und ihn um eine Antibläschen-Salbe bat, um weiterhin ungestörtes Sonnenvergnügen genießen zu können, schlug er vor, dass ich mich doch unverzüglich einer Psycho-Therapie unterziehen solle. Als wenn dadurch mein Bläschen-Problem zu beheben wäre!

Assistent H:

Ich habe einen Freund, der ist Hummer. Der hat mir mal verraten, dass man, wenn man sich in einen mit siedend heißem Wasser gefüllten Bottich setzt, einen total schönen rötlichen Hautton bekommt. Das habe ich dann probiert und es klappt. Klar, ein wenig schmerzhaft ist die Prozedur schon, aber es lohnt sich immer wieder. Die bewundernden Blicke der Mädels auf der Straße sind mir sicher.

Oder gucken die vielleicht nur, weil ich schon die Hälfte meiner Haut hinter mir herziehe?

Assistentin C:

Also ich sonne mich nicht so gern. Ich mag mein jugendliches Aussehen und bei einem Drei-Tages-Rhythmus von Sonne und Solarium altert die Haut schneller.

Assistent P:

Das mache ich wie beim Hummerkochen. Einfach regelmäßig in kochendes Wasser springen und der rote Teint bleibt dauerhaft erhalten.

(Der „Hummertrick" scheint ein Geheimtipp zu sein.)

Na ja, so ist das mit der Eitelkeit. Nun schauen Sie nicht so mitleidig. Tun Sie nicht auch alles, um unübertreffliche Schönheit zu erlangen? Finden Sie es nicht ebenfalls geschmacklos, wenn Ihre Arbeitskollegin längere Beine und eine schlankere Taille hat oder Ihr Nachbar größere Muskeln und einen knackigeren Hintern hat als Sie? Ich kenne absolut niemanden, der sich solche Vermessenheiten bieten lässt. Jeder von ihnen nimmt sofort den unwiderruflichen Kampf dagegen auf und meldet sich entweder auf der

Stelle im Fitnessstudio an oder lässt eine Beinverlängerung vornehmen.

Meine Brüste zum Beispiel habe ich bereits dreimal vergrößern lassen. Das erste Mal, weil ich beim Volleyball-Kurs immerzu neben Tamara spielen musste. Ihre Brüste zeigten zur Turnhallendecke und wippten gekonnt bei jedem Schmetterball auf und ab. Neunzig Prozent der männlichen Spieler spielten andauernd Tamara den Ball zu. Ihre Bälle schwangen jedes Mal in einem kräftigen Rhythmus zum Volleyball. Von diesem Tage an sorgte ich dafür, dass auch meine Bälle einen wirkungsvollen Rhythmus erhielten.

Beim zweiten Mal wurde ich von einer neuen Arbeitskollegin mit einem unendlich tief sitzenden Dekolleté ausgebootet. Ihre Brustimplantate machten nicht den geringsten Anschein, aus der Bluse hüpfen zu wollen. Alles saß so fest wie angenagelt. Das imponierte mir und veranlasste mich, meine Körbchengröße zu einer Korbgröße mit Steifegarantie aufbessern zu lassen.

Beim dritten Mal musste ich mich einer Reparaturmaßnahme unterziehen. Eine Brust zischte mir beim Volleyball um die Ohren, als ich gerade einen sehenswerten Schmetterball mit anschließender raffinierter Brustschwungtechnik verübte. Ich entschied mich bei dieser letzten Brust-Operation für ein noch größeres Brustformat, um weitere Konkurrentinnen im Vorfeld bereits auszuschließen.

Um möglichst bis ins hohe Alter fit zu bleiben, bemühe ich mich um gesunde Ernährung. Schließlich geht der Trend zur gesunden Lebensweise und da will ich nicht hinten anstehen. Sie etwa?
Was auch immer gerade trendy ist, ich bin dabei! Selbstverständlich habe ich auch meine Lippen und meine Zunge piercen lassen. Vom Brustwarzenpiercing wollte ich allerdings vorerst absehen. Dafür aber habe ich modische Belochungen an Wange und Nase vornehmen lassen. So richtig ist mir nur noch nicht klar, was daran gut aussehen soll und warum das jetzt alle machen.

Assistentin C:

Einer hat's mal vorgemacht und alle anderen machen es nun nach. Mit den Tätowierungen war's genauso.

Assistent H:

Die Männer wollen einfach, dass die Haut besser atmen kann. Dazu lassen sie sich an alle möglichen Stellen Luftzufuhren stanzen. Die Frauen machen das, weil sie nicht begriffen haben, dass ihre Löcher vollkommen ausreichen.

Assistentin CK:

Die zusätzlichen Löcher dienen zur besseren Durchlüftung der Haut im Sommer.

Ich denke bereits seit Längerem über Organpiercing nach. Nicht nur, dass ich somit die Anzahl der Löcher enorm multiplizieren könnte, ich hätte sogar die Möglichkeit, das erste Mal in meinem Leben einen Trend vorzugeben, dem sich gewiss früher oder später alle anschließen würden.

Gesundheit

Die richtige Ernährung spielt eine große Rolle bei der Erhaltung unserer Gesundheit. Wer möchte nicht uralt werden und dabei jung und unverbraucht aussehen? Inzwischen wurden wir eingehend durch die Medien aufgeklärt, dass wir selbst einen großen Einfluss auf unsere Jugend haben. Wir müssen uns nur gesund genug und abwechslungsreich ernähren und schon können wir den Zellen bei der Teilung und Erneuerung ein wenig zur Hand gehen. Besonders mit der Zufuhr von Vitaminen. Trotzdem habe ich dem vitaminreichen Obst entsagt und bin auf künstliche Vitamine umgeschwenkt.

Das hat zwei überzeugende Gründe:

Zum einen kann ich alle Nährstoffe so wesentlich systematischer einsetzen und zum anderen will ich diese Massenzucht von Obst und den damit verbundenen qualvollen Massentransport in völlig unwürdigen Obstkisten, in denen die Früchte eng auf eng zusammengepfercht werden, und das manchmal über Stunden, gar Tage, einfach nicht unterstützen.

Ich fordere Freiheit für alle Bananen und ihre Artgenossen!

Mein Protest richtet sich gegen diese dubiosen, skrupellosen Geschäftemacher, denen das Leid und die Not der Früchte absolut egal sind, da ihnen der Profit wichtiger ist, als ein armes Obst- oder Gemüseleben.

Aus diesem Grund habe ich mich entschlossen, mich ausschließlich pseudovegetativ zu ernähren. Keine Äpfel, keine Tomaten, keine Kirschen mehr. Ich bin nun auf Fleisch umgeschwenkt. Diese Umstellung bietet ja auch gewisse andere Vorzüge. Beispielsweise verdaut der menschliche Körper tierisches Fett viel besser als das pflanzliche.

Warum ist das so?

Wir unterscheiden zwischen gesättigten Fettsäuren (tierische Fette), ungesättigten Fettsäuren (pflanzliche Fette), kreuzweise ungesättigten Fettsäuren (tierische Fette, gepaart mit pflanzlichen) und gelegentlich ungesättigten Fettsäuren (mal so, mal so). Die Ungesättigten verdauen wir am schlechtesten, da es einfach gegen unsere Natur ist, Pflanzen zu essen. Unsere Vorfahren, die dem Staub und Geröll entsprangen, waren reine Fleischesser. Nicht empfehlenswert sind auch die gelegentlich ungesättigten Fettsäuren, da zum Zeitpunkt der Nahrungsaufnahme einfach nicht erkennbar ist, in welchem Fettsäurezustand sich die Speise befindet. Die kreuzweise ungesättigten Fettsäuren können in Maßen genossen werden.

Empfehlenswert wäre, falls Sie sich entgegen meines Ratschlags dazu entschließen sollten, fettreiche Pflanzen zu sich zu nehmen, den Fettrand oder das überflüssige Fett, soweit es machbar ist, zu entfernen. Ich habe dafür ganz pfiffige Techniken entwickelt. Beispielsweise quetsche ich eine Olive, bevor ich sie verspeise, mit unserem Entsafter kräftig aus. Das so durchgepresste Fett als Abfallprodukt kippe ich in den Ausguss. Bei Avocados mache ich das ähnlich. Für Nüsse und Sonnenblumenkerne habe ich ein spezielles Filtrierverfahren entwickelt. Ich arbeite hier mit Bunsenbrenner und Reagenzglas und einem unbekömmlichen Lösungsmittel. Das Komplizierte daran ist, dass ich das Lösungsmittel wieder von der Nuss trennen muss. Die ganze Prozedur nimmt einige Stunden in Anspruch, sodass ich bereits seit Längerem auf den Genuss von Nüssen verzichtet habe.

Vielleicht haben Sie ja bessere Vorschläge zum Öltrennungsverfahren. Schreiben Sie mir Ihre Anregungen auf eine Postkarte. Die besten Tipps werde ich in meinem nächsten Buch veröffentlichen.

Unsere Assistenten machen es so:

Assistent H:

*Ich schmeiße vor allem Avocados gerne gegen Haus-
wände. Dort lasse ich sie ein paar Tage liegen, bis die
Käfer, Würmer und Hauskatzen die Fette herausge-
schlabbert haben. Wenn ich sie dann wieder einsamm-
le, sind sie komplett fettfrei. Nüsse esse ich erst auf
und nach exakt 23 Minuten würge ich ca. 30% des
Mageninhaltes wieder hoch. Da Fett leichter ist als
der Mageninhalt, kommt somit das gesamte Fett wieder raus.*

Assistentin C:

*Ich entferne es eigentlich nicht, da ich es ja nicht all-
täglich esse. Wenn es hoch kommt, einmal im Monat.*

Assistent P:

*Alkohol ist ja bekanntlich der allgemeine Gegenspieler
von Fett, weshalb man auch nach fettem Essen gerne
einen Schnaps trinkt.*
*Ich konsumiere beim Verzehr von sehr fetthaltigen
pflanzlichen Produkten einfach reichlich Alkohol.
Oliven schmecken eh am besten in einem trockenen
Martini. Na ja, und zu Nüssen trinkt man halt Wein
oder Cocktails.*

Assistentin CK:

Mir ist schon seit Längerem bekannt, dass pflanzliches Fett hochgradig ungesund ist, daher habe ich vollkommen auf den Verzehr von fetthaltigen Früchten, wie Oliven oder Avocados verzichtet.

Da wir gerade so beim Thema „Gesundheit" sind, möchte ich gern das vorherrschende und dominierende Problem in unserer Wohlstandsgesellschaft ansprechen.
Elektrosmog.
Haben Sie ein Handy oder Smartphone? Natürlich haben Sie eins. Wer hat denn keins? Wohnen Sie unter einem Telefonmast oder in dessen Nähe? Unterqueren Sie auf dem Weg zur Arbeit täglich ein bis hundert Strommäste? Haben Sie einen Fernseher oder ein Radio? Arbeiten Sie regelmäßig an einem Computer? Gibt es Strom in Ihrem Haus? Dann sind Sie offensichtlich ein „E-Smog-Betroffener".

Spüren Sie schon Veränderungen an sich? Keine Angst, ein „E-Smog-Betroffener" nimmt die ersten „E-Smog-Symptome" erst nach schätzungsweise 5-63 Jahren wahr. Es kann also durchaus noch etwas Zeit ins Land streichen, bis Sie die ersten Anzeichen, wie Gedächtnisverlust, Krebsgeschwülste oder Veränderungen in Ihrer DNS bemerken. Vielleicht verlieren Sie ja unerwartet Ihr Raucher-Gen.

Es muss demnach nicht zwangsläufig negative Folgen haben, sich mit E-Smog den Lebensraum zu teilen. Ein Krebsgeschwür könnte sich auch genauso gut durch Elektrizität zurückbilden. Hier verhält es sich ähnlich wie bei der Homöopathie. E-Smog, in kleinsten Dosierungen zugefügt, kann Krankheiten, die eigentlich durch E-Smog verursacht wurden, in Form einer homöopathischen Darreichung heilen. Sollten Sie nun beispielsweise unter immer stärker werdendem Gedächtnisverlust leiden aufgrund eines zu häufigen Umgangs mit Ihrem Handy, gehen Sie folgendermaßen vor:

Nehmen Sie Ihr Handy in die linke Hand (Es muss übrigens exakt *Ihr* Handy sein. Ein anderes hätte nicht dieselbe Wirkung). Halten Sie es sich dreimal täglich für ein paar Minuten an die rechte Schläfe. Sollten Sie jetzt schon vergessen haben, was ich eben geschrieben habe aufgrund Ihres fortschreitenden Gedächtnisschwundes, lesen Sie sich den letzten Absatz bitte noch einmal durch. Der Behandlungszeitraum sollte etwa drei bis vier Monate betragen. Bitte nicht öfter als dreimal täglich durchführen, da Überdosierungen wiederum schaden könnten.

Sollte sich möglicherweise ein Geschwür an irgendeiner Stelle Ihres Körpers gebildet haben, angesichts des einströmenden E-Smogs einer Stromleitung über Ihrem Haus, machen Sie bitte Folgendes:

Klettern Sie dreimal täglich den Strommast nach oben und hangeln Sie sich etwa 15 Meter die Stromleitung entlang von einem zum anderen Mast. Aber bitte keinen Meter mehr. Sollte der Strommast mehr als 15 Meter vom anderen entfernt sein, stellen Sie sich zuvor an der bereits abgemessenen Position eine Leiter auf, um genau hier von der Stromleine abzusteigen. Denn bedenken Sie bitte: Überdosierungen könnten eine gegenteilige Wirkung haben.

Strom kann ja bei Missachtung verschiedener Regeln, wie beispielsweise ein unachtsames Hineinstecken eines dünnen Drahtes in eine Steckdose, zu Veränderungen im Aussehen führen. Eine Gesichtsverzerrung bis hin zur dauerhaften Umgestaltung der Gesichtszüge durch beispielsweise einen herunterhängenden Mundwinkel oder rhythmische Zuckungen am linken Auge könnten die Folge sein.

Beelzebub

Wer ist der Teufel? Hat er mit Gott irgendetwas zu tun? Warum lebt der Teufel in der Hölle und wo ist die?

Der Überlieferung nach soll es an diesem Ort sehr warm sein, es ist also naheliegend, ihn in der Nähe des Erdkerns zu vermuten, in dem es heißer zugeht als auf der Oberfläche der Sonne. Obwohl Gott und der Teufel keine Ähnlichkeit miteinander haben (was wir natürlich gar nicht beurteilen können, da wir uns ja kein Bild von Gott machen dürfen), liegt die Vermutung nahe, dass sie miteinander verwandt sind. (Trotzdem wissen wir genau, dass Gott einen weißen langen Bart, Jesuslatschen und ein weißes Nachthemd trägt.) Da der Teufel ebenfalls einen Bart (nur gezickt), einen Pferdefuß und ein rotes Nachthemd trägt, wäre eine Ableitung hin zur geschwisterlichen Linie denkbar. Im Klartext, sie sind Brüder. Ihr Outfit ist sicher grundverschieden, trotzdem lässt sich eine gewisse Ähnlichkeit nicht von der Hand weisen. Der eine wandert als Seelenräuber und Bösewicht umher und der andere wandert gar nicht umher, obwohl er uns eigentlich Segen bringen sollte. Lässt also überhaupt nichts mehr von sich hören. (Ich erinnere an meine Gespräche mit dem Himmel, die absolut ins Leere gingen.) Ferner lässt er grausige

Dinge auf der Erde zu, zu denen nicht mal der Teufel befähigt wäre.

Erkennen Sie nun auch diese unverkennbaren Übereinstimmungen beider Herrscher von Himmel und Hölle?

Trotz ihrer Verwandtschaft mögen sich Gott und Teufel nicht besonders. Denn der eine behauptet von sich, ein Halunke zu sein, und der andere gibt vor, ein netter Kerl zu sein. Dabei ist das doch noch nicht bewiesen.
Möglicherweise würde eine Psychotherapie schon reichen, um den Teufel zu einem besseren Teufel zu machen. Er würde erkennen, dass es grausam ist, drei bis vier Menschen in der Woche zu lynchen. Er würde sich auf ein bis zwei im Monat beschränken und nur noch alle vier bis fünf Wochen eine Tankstelle überfallen, statt alle drei Tage.
Der Teufel sollte eine Chance auf Wiedereingliederung in die Gesellschaft erhalten, nachdem er eine Strafe abgebüßt hat. Schließlich kann er überhaupt nichts dafür, dass er so ist, wie er ist. Wenn man mal hinter die Fassade krimineller Energien blickt, erkennt man, dass der Grund ihrer Untaten auf eine schlechte Kindheit zurückzuführen ist. Vielleicht hatten sie Eltern mit drei Autos, einem Pool, einem Haus, einem Boot und kaum Zeit oder sie hatten gar keine Eltern

und mussten sich im Waisenhaus die Zahnbürste mit einem anderen Kind teilen.

Danach gerät man doch zwangsläufig auf die schiefe Bahn. Selbst wenn eine intensive psychologische Betreuung zu einer Mäßigung der übelgesinnten Triebe vom barbarischen Meuchelmörder zum zahmen Autoknacker und Kinderschänder führen würde, wäre dies ein ungeheuerlicher Erfolg.

Um nun also den Teufel zu therapieren, müsste man erst einmal seinen Aufenthaltsort ausfindig machen. Die Hölle ist ein breitgefächerter Begriff und steht für „unten" sowie Himmel für „oben" steht. Um herauszufinden, wo dieses „Unten" nun genau ist und wie weit unten wir suchen müssten, bedürfte es mehrerer Jahre ausdauernder Forschung. Ein fast aussichtsloses Unterfangen. Bedenken Sie, an wie vielen Stellen auf der Erde wir Bohrlöcher ins Erdinnere ansetzen müssten, die höchstwahrscheinlich ins Nichts führten.

Bis wir endlich auf Teufels Wohnort stießen, verstrichen viele ungenutzte Jahre und unser Erdball wäre durchlöchert wie ein Schweizer Käse. Sicherlich rückten dann wirtschaftliche Fragestellungen in den Vordergrund. Diese Bohraktionen würden immense Kosten aufwerfen. Schätzungsweise ginge es hier um Milliardenbeträge, die für die Länder wirtschaftlichen Schaden bedeuten könnten, sodass diese mit allergrößter

Wahrscheinlichkeit wieder einmal vom Steuerzahler getragen werden müssten. Ob es nun nach unten oder nach oben geht, immer greift man dem nackten Bürger in die nicht vorhandenen Hosentaschen.
Was müsste man nur anstellen, um die Suche nach dem Teufel kostengünstiger zu gestalten?

Assistent H:

Wie ja bekannt ist, hat der Teufel zwei Hörner, einen dreieckigen Zickenbart, einen Klumpfuß und rote Haut. Und wie alle Führer (er führt ja die Hölle) ist er sicherlich sehr eitel. Um den Teufel aus seinem Versteck zu locken, muss also nur ein Event geplant werden, zu dem nur Wesen mit zwei Hörnern, einem dreieckigen Zickenbart, einem Klumpfuß und roter Haut zugelassen sind. Es muss eine Art Turnier sein, dessen Sieger ein wertvoller Preis winkt. Beispielsweise ein Ferrari. Das korrespondiert zur Hautfarbe der Teilnehmer. Dieses Turnier darf nicht zu schwierig sein, damit der Teufel nicht abgeschreckt wird. Beispielsweise Slalomlauf oder Gummistiefelweitwurf. Sicherlich werden zu diesem Turnier auch andere Individuen angelockt (es gibt ja genug Kreaturen mit zwei Hörnern, einem dreieckigem Zickenbart, einem Klumpfuß und roter Haut auf diesem Planeten), aber wenn der Teufel dann dort auftaucht, kann man ihn einfach mit einem Netz fangen und anschließend sofort (und wenn notwendig auch vor Ort) therapieren.

Assistent P:

Da muss wohl ein Übersetzungsfehler vorliegen. Dass der Teufel in der Hölle weilt, heißt ja nicht zwingend, dass er im Erdinneren lebt. Ich glaube eher, dass er gut getarnt auf der Oberfläche lebt. Seine sichtbaren Merkmale muss er natürlich unter einem langen Mantel mit Kapuze verstecken. Er trägt bestimmt auch Stiefel, um seinen Pferdefuß zu verstecken, und tarnt sein diabolisches Grinsen hinter einem langen Rauschebart. Er lebt sicher an einem abgelegenen Ort, der das Gegenteil der Hölle darstellt, da dies keiner vermuten würde. Nach einer logischen Schlussfolgerung würde das der Nordpol oder der Südpol sein. Gehen wir nun davon aus, dass sein Mantel rot ist und sein Bart weiß, wissen wir ziemlich sicher, dass er sich zwanghaft einmal pro Jahr zum Zeitpunkt der heidnischen Wintersonnenwende zeigt und mit einem Großteil der Menschheit eine schwarze Konsummesse zelebriert, die sich Weihnachten nennt, müsste er leicht zu finden sein.

Assistentin C:

Vielleicht muss man nicht nach ihm bohren. Möglicherweise reicht es schon, wenn wir uns alle einen schlechten Charakter zulegen. (Dürfte einigen Menschen nicht mal schwerfallen.) Da der Teufel nach sündigen Seelen sucht, kommt er bestimmt von selbst und wir können ihn einfangen.

Der Ball ist rund

Welches Thema lässt die meisten Männer zu Raubtieren mutieren?

Fußball.

Hierbei können Männer entspannen. Was für eine Frau der Einkaufsbummel ist, ist für ihn das Fußballspiel. Möglichst live im Stadium, denn sie wollen grölen, saufen, randalieren und müssen ihren urzeitlichen Trieben freien Lauf lassen.
Stark behaartes, männliches Mensch mit Keule und Lendenschurz stachelt gigantisches, zotteliges Mammut an. Übersetzt in die Neuzeit feuert unrasiertes, männliches Mensch mit Bierglas und Vereinstrikot kleines rundes Ball an.

Aber nicht nur Männer finden Fußball toll. Ich beispielsweise bin ein wahrer Fan von diesem Spiel. Selbstverständlich kenne ich alle Schiedsrichter persönlich. Ich liebe Männer in Uniform. Die Spielregeln kenne ich natürlich in und auswendig. Ich habe sie mir von verschiedenen Schiedsrichtern erklären lassen. Männer lieben es schließlich, wenn sie mit ihrem Wissen bei einer Frau glänzen können. Und da ich in seinen Augen halt nur eine Frau bin, weiß er natürlich sofort, dass ich die Spielregeln einfach nicht kennen kann.

Das „Abseits" beispielsweise kann man einer Frau hundertmal erklären und selbst nach der 101sten Wiederholung hat sie's immer noch nicht begriffen. Woher soll sie das auch wissen? Musste sie sich etwa jemals damit beschäftigen, wie man das Mammut erlegt? Nein. Und da man den Fußball nicht essen kann, haben die meisten Frauen das Interesse an dem Ball und an allem drum herum verloren.

Was ich allerdings von mir selbst nicht behaupten möchte. Ich liebe dieses Spiel und freue mich selbstverständlich gebührlich mit, wenn mal irgendwer ein Tor schießt. Falls ich zufällig mitbekomme, welche Mannschaften gerade spielen, bin ich immer für die anderen.

Sollte es jetzt auf Sie so wirken, als wäre mein Interesse an Fußball nicht echt, dann weise ich dies entschieden zurück. Ich gehöre zu den wenigen Frauen, die sehr wohl wissen, was „Abseits" ist, kann es aber nur nicht recht erklären.

Vielleicht können das unsere Assistenten besser als ich.

Assistentin SK:

Abseits ist, wenn der Spieler, der das Tor geschossen hat, den Ball vorher angenommen hat, wenn sich dieser vor allen anderen Spielern (ausgenommen der Torwart) im gegnerischen Feld aufhält.

Assistent H:

Abseits ist, wenn der Ball gerade dem Schiedsrichter die Beine wegfegt, während der Stadionsprecher laut „Golda" brüllt und sechs eigene Spieler (die rote Trikots tragen müssen) im eigenen Strafraum stehen. Kommt aber relativ selten vor.

Assistent P:

Die Abseitsregel im Fußball verhindert erfolgreich, dass das Spiel wirklich attraktiv werden könnte. Abseits wird immer dann gepfiffen, wenn ein gewitzter Spieler es geschafft hat, seinen Gegenspieler abzuhängen und hinter die feindliche Abwehrreihe gelangt. Erhält er dann den Ball von einem seiner Mitspieler steht er im Abseits. Für diese Regel gibt es zwei Gründe: Erstens können durch diese Regel auch konditionsschwache Spieler den Sport ausüben, die mit einer richtigen Manndeckung überfordert wären. Zweitens ist diese Regel notwendig, damit Männer den Frauen beim Verfolgen eines Spieles etwas voraushaben. Die meisten Frauen haben einfach kein Verständnis für eine derart blödsinnige Regel, dass sich ihr Gehirn weigert, sie zu verstehen. Männer akzeptieren sie hingegen einfach.

Assistentin C:

Abseits ist, wenn im Moment der Ballabgabe zwei Spieler und der Ball auf gleicher Höhe sind und einer

Eujeujeujeujeu, war das kompliziert, aber ich
hoffe, wenigstens die Männer unter Ihnen konnten diesen Erklärungen folgen. Wir Frauen wid-
men uns doch lieber der Pflege unserer Kinder,
Ehemänner, der Haustiere und unserer Liebhaber. Hier liegen unsere wahren Stärken. Wir
pflegen und hegen alles um uns herum und es ist
uns ein großes Anliegen, dass es all unseren Lieben gut geht. Denn nur dann geht es uns gut.
Um die Pflege der gesamten Familie unter einen
Hut zu bekommen, haben wir gelernt, alles wirtschaftlich zu pflegen und zu organisieren.
Der Ehemann wird verwöhnt und gefüttert, damit er strebsam ist und viele kleine Mammuts
nach Hause bringt, von denen hübsche Lenden-
schurze und Schuhe für die Frau erworben werden können. Die Kinder werden aufgezogen und
ihnen eingebläut, für Mama und vielleicht auch
für Papa zu sorgen, wenn sie mal alt sind. Die
Haustiere laufen so mit durch und die Liebhaber
werden gehütet, gehegt und gepflegt wie ein
ganz besonderer Schatz. Denn so ein Liebhaber
gibt Frau alles, was sie von ihrem Ehemann
schon lange nicht mehr bekommt. Geschenke,
guten Sex, bei dem der Orgasmus noch echt ist
und nicht vorgetäuscht werden muss, wohltuen-
de Komplimente und keine Bartstoppeln im

Waschbecken, denn rasieren tut er sich Zuhause bei seiner Frau.

Finden Sie das nicht auch wirtschaftlich?

Haben Sie eigentlich einen Hund? Oder irgendwas anderes mit Schwanz?

Wissen Sie, so ein Haustier ist doch was Feines. Es ist ein treuer Freund des Menschen und widerspricht niemals. Die meisten Männer haben daher eines.

Frauen dagegen benötigen ein Haustier nur zum Kuscheln, da ihre Männer für solche Liebkosungen nicht geschaffen wurden. Sie wissen zwar, wie man ein Mammut erlegt, aber Zwischenmenschliches ist ihnen vollkommen fremd. Das liegt wohl daran, dass sie sich immerzu nur auf Mammutjagd befinden und die Familienbande lediglich von der Frau zusammengehalten wird. Der weibliche Mensch ist naturbedingt ein Herdentier, während der männliche Mensch nur zur Sippe dazustößt, um Nahrung zu bringen. Folgebedingt ist er ein Einzelgänger und wird von der Sippschaft solange vertrieben, bis er wieder viele Mammuts (heute: große unnummerierte Scheine) heimbringt. Ist er dann endlich in seiner heimischen Höhle und will nur die angeschwollenen Füße hochlegen von der anstrengenden Jagd, drückt Frau ihm die Hundeleine in die Hand und nötigt ihn, mit dem Haustier, das er sich schließlich selbst zugelegt hat, um sich ab und an mal bei jemanden aussprechen zu können, ohne Widerspruch zu ernten, Gassi zu gehen.

Tja, so ein Hundeleben ist nicht einfach.

Wieso aber erleichtern sich diese Hunde immer auf unsere Grünflächen? Sobald man über einen Grünstreifen laufen möchte, tippelt man auf Zehenspitzen darüber, um auf diese Weise den dicht an dicht liegenden Tretmienen auszuweichen.

Wenn Herrchen diese Schweinerei schon nicht entfernen will, könnte er doch wenigstens seinem Hund das Scheißen verbieten! Reißen wir Menschen uns etwa die Hose in aller Öffentlichkeit vom Leib und entleeren uns an jedem beliebigen Baum?

Hierfür gibt es feine private Orte, an denen wir all unsere kleineren und größeren Bedürfnisse ausleben können. Laut oder leise. Lang oder kurz. Viel oder wenig. Das spielt dort überhaupt keine Rolle. Hier können wir ganz wir selbst sein und uns hemmungslos erleichtern. Ein Hund dagegen muss sein Geschäft, meist an der Leine geführt, vor aller Augen auf einem Grünstreifen verrichten. Kaum erledigt, wird er auch schon schnell vom Tatort fortgezogen. Herrchen weiß natürlich genau, dass er die frischen Würstchen eigentlich entfernen müsste, daher hat er es plötzlich eilig, nach Hause zu kommen.

Vielleicht könnten spezielle öffentliche Hundetoiletten Abhilfe schaffen, für dessen Kosten selbstverständlich die Hundehalter aufkommen.

Assistentin SK:

Man sollte den Hunden regelmäßig Kohletabletten unters Futter mischen, damit sie unter einer Dauerverstopfung leiden. Wenn sie dann eines Tages platzen sind wir dieses Problem los.

Assistentin C:

Also ich habe immer eine Tüte dabei, in der ich den Kot drin verschwinden lasse. Dienlich wäre ein tragbarer Handsauger, der noch für diesen Zweck erfunden werden müsste; ist manchmal ganz schön ekelig, die Exkremente mit der Tüte aufzusammeln.

Assistent H:

Ich würde ein chemisches Mittel erfinden lassen, das in der Lage sein müsste, die Bestandteile der Hundehaufen zu verflüssigen, andere Verbindungen aber nicht angreift. Somit würden die Hundehaufen auf der grünen Wiese einfach versickern und alles wäre gut.

Assistent P:

Ich würde das Problem durch strengere Gesetze lösen. Es müsste grundsätzlich verboten werden, dass Hun-

de sich in der Öffentlichkeit erleichtern. Sollen doch die Hundehalter das Geschäft ihrer Hunde in ihren eigenen Wohnungen oder ihrem Haus erledigen lassen. Die Strafen müssten natürlich angemessen hoch sein für uneinsichtige Sünder. Vielleicht wäre hier eine unbegrenzte Kürzung des Einkommens oder Erhöhung der Hundesteuer nach jedem ertappten Verstoß als Strafe zu überlegen.

Klimaschock

Wenn uns die Verwahrlosung der Grünflächen nicht mehr behagt und wir keinen anderen Ausweg sehen, bliebe uns noch die Möglichkeit, unseren Wohnort in die Wüste zu verlegen.
Dort sind wir allein mit uns selbst und müssen uns über nichts und niemanden mehr erzürnen. Wir wären dort einzig und allein damit beschäftigt, Wasserquellen ausfindig zu machen, spärliche Nahrung aufzutreiben, um einfach nur den nächsten Tag zu überstehen. Wir hätten täglich Sonne satt und müssten uns nicht mehr am heimischen verregneten Wetter stören. Wir könnten uns über die Hitze beklagen und über die mangelnden öffentlichen Toiletten.

An den Polkreisen geht es ja bekanntlich recht kalt zu. Nur warum, das weiß kaum jemand.
Sicher haben sie mal in der Schule gelernt, dass alle Planeten rund sind, sich um ihre eigene Achse drehen und ihren Mutterstern umkreisen. Das macht auch unsere liebe Erde so. Nur …
… es ist entgegen vieler Meinungen so, dass die Erde gar nicht kugelrund ist. Sie hat eher eine ovale Form. Da sie aber im Vergleich zu uns außerordentlich groß ist, erscheint sie uns nur rund. (Klingt doch logisch, oder?)
Zu den Polen hin verjüngt sich die Form der Erde und aus diesem Grund ragen die Achsenpole

weiter in den Weltraum hinein als der Rest der Erdoberfläche. Da es im Kosmos verhältnismäßig kalt zugeht, nahezu viele minus Grad, gefroren einst die Pole. Nur aufgrund der wärmeren Erdatmosphäre ist es dort nicht ganz so kalt wie im Weltraum, sondern menschen- und tierverträglich frostig. Dass die Pole nun so viel gefrorenes Wasser beherbergen, ist für uns Menschen eine prima Sache, denn wenn sie es nicht täten, gäbe es keine trockenen Kontinente mehr, was wiederum bedeuten würde, dass wir den Rest unseres Lebens nasse Füße hätten.

Nun haben ein paar wenige Biologen und Klimaforscher etwas Entscheidendes herausgefunden. In der Antarktis lebt irgendwo ein letzter urzeitlicher Mensch, einer unserer Vorfahren. Niemand ahnte bisher von seiner Existenz. Lediglich verschiedene Messungen von Luft und Atmosphäre in dieser Gegend ließen darauf schließen, dass schwerste klimatische Veränderungen im Gange sind. Ein Aufklärungsflugzeug, das daraufhin die Region überflog, lokalisierte diesen Urmenschen und beobachtete ihn beim Legen ungeheuerlicher Brände. Aufgrund dieser fatalen Brände entwickelt sich ein bis jetzt noch nicht abschätzbarer Schaden für die gesamte Menschheit. Ungeheuerlich große Eismassen sind bereits weggeschmolzen und lassen den Meeresspiegel ansteigen. Das hat unheilvolle Folgen für Flora und Fauna.

Somit ist die Annahme entkräftet, die gesamte Menschheit hätte die Klimaveränderungen verschuldet. Lässt sich mit diesen neusten Recherchen doch beweisen, dass lediglich ein Mensch dafür verantwortlich ist.

Aber wir dürfen nicht außer Acht lassen, dass Autoabgase auch einen kleinen Teil dazu beitragen. Eigentlich kaum erwähnenswert, aber wir sollten über diese Tatsache nicht hinwegsehen. Man könnte beispielsweise die Männer umschulen auf eine umweltfreundliche Fahrweise. Weniger Gas geben, dafür mehr im Leerlauf fahren. Frauen dagegen können ja bekanntlich alle nicht Auto fahren, daher fahren sie automatisch umweltfreundlich. Laut Meinung des Mannes, geben sie sowieso niemals richtig Gas. Da ich auch eine Frau bin, kann ich natürlich ebenso nicht Auto fahren.

Frauen in der Urzeit mussten keine Mammuts erlegen und haben deshalb eine schonende und feinspürige Motorik entwickelt. Männer dagegen grobmotorisch. Daher fahren sie auch grobmotorisch Auto. Also provokant und angriffslustig. Wir Frauen benötigen ein Auto, um uns damit von A nach B zu bewegen. Männer fahren Auto, weil sie es brauchen. Sie sind autoabhängig. Möglicherweise tragen sie ein „Autofahrer-Gen" in sich. Die Forscher forschen auf massivste Weise, um das mutmaßliche Autofahrer-Gen in der

DNS zu entschlüsseln. Somit könnten sich Behandlungswege auftun, von denen die Frauen bis vor Kurzem noch nicht zu träumen wagten. Das Auto-Gen könnte entfernt werden und der Mann hätte zukünftig eine natürliche Abneigung gegen das Autofahren. Somit wären unsere Straßen viel sicherer, Unfälle gäbe es kaum noch.

Assistent P:

Klar, würde das Entfernen dieses unheilvollen Auto-Gens den Straßenverkehr sicherer machen. Schließlich zöge man auf diese Weise fast mehr als die Hälfte der Verkehrsteilnehmer aus dem Verkehr. Daher gingen natürlich auch die Unfallzahlen zurück. Ein anderes Bild von der Fahrweise der Frauen würden die Männer dadurch jedoch wohl nicht erhalten. Da sie dann nicht mehr Auto fahren könnten, würden sie es gar nicht mehr sehen, um es beurteilen zu können.

Assistent H:

Das Problem dabei ist, dass man das „Autofahrer-Gen" nicht entfernen kann. Es hat sich nämlich so dicht und raffiniert in die Doppelhelix der DNS des Mannes eingewoben, dass es dort auch mit DNS-Cuttern nicht komplett aufzufinden und zu entfernen ist. Da hat die Natur ein unüberwindliches Hindernis eingebaut.
Es stimmt zwar, dass Männer sicherlich ein anderes Bild über Frauen am Steuer erwerben würden, aber

*wir brauchen uns doch nicht über ungelegte Eier zu
unterhalten.*

Assistentin C:

*Ich glaub, da müsste schon das ganze Gehirn entfernt
werden!*
*Es liegt in der Natur des Mannes, dass sie glauben,
alles besser zu können.*

Assistentin CK:

*Selbstverständlich wären unsere Straßen dann siche-
rer. Schließlich bauen Männer mehr Unfälle als Frau-
en. Sie hätten ja dann keine andere Wahl, als sich von
uns Frauen kutschieren zu lassen, ansonsten müssten
sie laufen ...*
*Also würden sie sich über unsere Fahrkünste automa-
tisch freuen.*

Kennen Sie eigentlich das Buch „Warum Männer
nicht zuhören und Frauen schlecht einparken"?
Eine wirklich bemerkenswerte Lektüre. Ich habe
sie verschlungen, bis aufs letzte Blatt. Leider leg-
te dies die nächsten Wochen meine Verdauung
lahm. Haben Sie auch die Stelle gelesen, in der
wir erfahren, dass es weibliche und männliche
Gehirne gibt? Und haben Sie ebenfalls den Test
gemacht, um zu erfahren, mit welchem Gehirn
Sie ausgestattet sind?
Selbstverständlich kreuzte ich sogleich eifrig
meine Antworten an, denn ich wollte ja unbe-

dingt wissen, ob ich nun ein Mann oder eine Frau bin.

Und spätestens seit diesem Buch wissen wir endlich, dass Männer, die gut zuhören können, absolut untypisch sind. Sollten Sie aber mal auf einen treffen, der Ihnen aufmerksam zuhört, überprüfen Sie bitte vorab kritisch, ob er nicht schwul ist oder einfach nur eine gute Masche fährt, um bei Ihnen landen zu können.

Wirklich beneidenswert sind doch aber die Bienen und Ameisen. Sie können halb geschlechtslos durchs Leben streifen und kennen nicht den Unterschied zwischen Mann und Frau. Für die Nachkommenschaft sorgt ein „Befruchter", der nach dem Schwängern der Monarchin vom geschlechtslosen Arbeitervolk in die Flucht geschlagen wird. In dieser Welt braucht man eben keine Männer. Ich verstehe gar nicht, warum das in unserer Welt nicht genauso funktionieren kann.

Männer und Frauen passen doch ohnehin nicht zusammen und da Männer nun mal keine Kinder bekommen können, wäre es doch erwägenswert, sie bis auf wenige exklusive Exemplare vollständig auszurotten.

Glauben Sie, unsere Welt wäre besser, wenn es keine Männer mehr gäbe?

Assistentin SK:

JA!!! ... Äh, ich meine ... nein, oder???

Assistent H:

Nein! Also, wenn es keine Männer gäbe, dann hätten die Frauen niemanden, der ihnen den Rasen mäht und die Dildos kauft. Und das würden Frauen schwer verkraften. Sie wären verzweifelt und würden sich in Alkohol und Drogen flüchten (die sie auch nicht kaufen könnten, weil so was nur Männer besorgen) und kreuzunglücklich in den Tag hineinleben. Keine Zukunftsperspektive, alles rabenschwarz.
Und das wollen wir Männer euch Frauen doch nicht antun ...
Also sterben wir erst mal noch nicht aus.

Assistent P:

Klar würde es der Welt besser gehen ohne Männer. Denn nach spätestens 100 Jahren gäbe es ja auch keine Frauen mehr. Und eine Welt ohne Menschen wär doch wirklich ein Paradies.

Assistentin CK:

Ohne Männer wäre unsere Welt ganz schön langweilig. Nicht nur das. Wir müssten alle schweren Sachen selber tragen und uns um handwerkliche Dinge kümmern. Außerdem, was wäre eine Welt ohne Sex? Dafür brauchen wir die Männer schon.

Das große Krabbeln

So als Gartenbesitzer vermag ich Ihnen zu sagen, dass es ganz schön nerven kann, wenn Bienen, Hummeln, Wespen, Fliegen und anderes summendes und krabbelndes Getier durch die Blumen und Gräser streifen. Nirgends hat man seine Ruhe. Ständig krabbelt einem ein Käfer oder eine Ameise über den Fuß oder man streitet sich mit Wespen und Fliegen um die Käsetorte, die man in aller Ruhe bei herrlichem Sonnenschein genießen möchte.

Haben Sie Blumen in Ihrem Garten? Sitzen da auch immer kleine Läuse oder Blattkäfer in der Blüte und verschandeln den makellosen Anblick?

Wirklich lästig sind diese unendlich vielen Spinnennetze, die über Nacht an immer wieder neuen Stellen erspießen. Leider sehen sie nur am ersten Tag formschön und minuziös aus. Sobald ein Windstößchen aufkommt, sammeln sich dort allerhand kleine Staubkrümel oder es verfangen sich winzige Fliegen, die aus dem kunstvollen Netzwerk ein übervolles Auffangsieb machen. Die Spinne flickt ein bisschen hier und ein wenig da herum und nach drei bis vier Tagen webt sie sich an anderer Stelle ein neues Netz und überlässt das alte ihrem Schicksal. An verschiedenen

Orten im Garten entdecke ich dann diese dreckigen rumhängenden Fäden und mache diesem Schicksal ein Ende. Ich fege sie mit dem Handfeger ab. Nun folgt der nächste Kampf. Die Webfasern hängen klebrig in den Borsten des Handfegers und ich habe alle Mühe, diese Spinnenfädenreste von den Handfegerborsten zu trennen. Angeekelt halte ich meine Hände, die den verseuchten Handfeger festhalten, weit von mir gestreckt und ziehe mit dem Zeigefinger und dem Daumen der rechten Hand den klebrigen, inzwischen in sich verknoteten und verknubbelten Spinnennetzklumpen mit den darin klebenden restlichen Fliegenkadavern und Gartenstaub aus dem Handfeger und versuche, ihn auf den Komposthaufen fallen zu lassen. Jetzt aber klebt dieser Ekelklumpen an meinem Zeigefinger. Ich nehme meine andere Hand zu Hilfe und halte die Hände nun noch weiter entfernt von meinem Körper, um mit dem Zeigefinger und dem Daumen der linken Hand das Klümpchen vom rechten Finger abzuziehen. Nun kleben aber die verklumpten Spinnenfäden mit den darin hängenden Fliegenkadavern an dieser Hand. Ich schüttele die Hand kräftig, aber der Spinnenfädenklumpen mit den Fliegenleichen wickelt sich dadurch um meinen Finger. Ich spüre wie mir eine Ekelgriebe an der Unterlippe wächst und versuche, einen schnellen strategischen Schlachtplan zu entwickeln, um diesen klebrigen Fliegenspinnenbrocken endgültig zu eliminieren. Mit der freien Hand hebe ich ein Blatt vom Boden auf und streife angewidert mit meinem verpesteten Zeigefinger den Klumpen daran ab und nun endlich fällt er samt dem soeben verseuchten Blatt zu Boden. Bah!

Wahrscheinlich haben auch Sie Ameisen in Ihrem Garten. All diese kleinen Ameisen arbeiten fleißig und völlig unbeirrt in den Beeten herum. Als wenn Sie das nicht selbst könnten! Sie bauen unterirdisch Unmengen an Tunneln und Straßen und auf einmal kommen die flinken Tunnelbauer links von ihrem Gartenstuhl wieder an die Oberfläche. Dort sammelt sich dann wie von Geisterhand ein großer Berg Sand an, der vor einer Stunde dort noch nicht war. Sobald Sie diesen fragwürdigen kleinen Sandhaufen entdecken, gehen Sie auf ihn zu und trampeln ihn wieder zu einer glatten Ebene zurecht. Wieder eine Stunde später kommt unbemerkt rechts von Ihrem Sonnenschirm ein neuer Hügel zum Vorschein. Und so geht das Hügel für Hügel, bis Sie es irgendwann aufgeben und die Ameisensandhügelchen zu einer modischen Verzierung Ihres Gartens erklären.

Seit Kurzem habe ich mir zur Aufgabe gemacht, all diese unliebsamen Gäste aus meinem Garten zu vertreiben. Bis jetzt war ich schon recht erfolgreich.

Seitdem ich nun regelmäßig mit der Giftspritze über Blumen, Gartenboden und Obstbäume sprühe, hat sich die Anzahl dieser unliebsamen Krabbeltiere erheblich dezimiert. Darüber freue ich mich sehr.
Leider blüht jetzt alles nur noch in der vorherrschenden Farbe Gelb, beziehungsweise Braun. Die Blätter meiner Sträucher schrumpfen zu einem welligen Laubwerk zusammen. Auch der Rasen wirkt leicht verschwefelt. Verstehe ich überhaupt nicht. Dafür aber sieht unser Obst an unseren Obstbäumen richtig schmackhaft aus. Keine Wurmlöcher mehr in den Äpfeln und Pflaumen und die Kirschen ... so rot und knackig wie nie zuvor. Schade nur, dass sich ausgerechnet in diesem Jahr eine Obstallergie bei mir einzustellen scheint. Plötzlich bekomme ich jedes Mal, wenn ich eine selbstgepflückte Frucht aus dem Garten esse, schreckliche Bauchschmerzen und Ausschläge auf der Haut. Leider, leider geht es meiner Nachbarschaft nicht anders. Ich hatte ihnen säckeweise Obst aus meinem Garten gespendet, damit es nicht umkommt.
Seltsam!

Was wohl unsere Assistenten gegen diese Übermacht der Insekten in ihrem Garten tun?

Assistentin C:

Entweder ich lebe damit, so ist es in der Natur nun mal, oder ich gehe ins Haus, damit ich ungestört essen kann. Aber Gift gegen die Insekten kommt nicht infrage.

Assistent H:

Also ich würde rund um den Garten mehrere Schutzwälle legen. Diese würden aus Äpfeln bestehen (für die Fliegen, Bienen, Wespen und anderes Fluggetier). Dazu träufle ich einen speziellen Spinnenlockstoff (Bier mit Sahnesoße). Das hätte zur Folge, dass alle Viecher, die sich im Garten aufhalten, zu diesen Schutzwällen gelockt würden. Dort dürften sie sich natürlich jederzeit aufhalten und sich an den Obstwällen erlaben. Ich müsste nur alle paar Tage den Wall erneuern, weil die Insekten ja alles wegfressen würden. Und schon wäre das Innere meines Gartens frei von jeglichem Getier.

Assistent P:

Meinen Garten würde ich mit Kunstrasen oder Asphalt bedecken. Darüber würde ich dann ein Glasdach in Form eines Gewächshauses bauen, welches den gesamten Garten überspannt, um mich vor den fliegenden Insekten zu schützen. Hat auch den Vorteil, dass es auf der überdachten Terrasse dann immer schön warm ist.

Assistentin CK:

Ich hänge mir ein feinmaschiges Netz über die gesamte Terrasse und kann so ungestört das Wetter und meine Käsetorte genießen.

Assistentin SK:

Ich decke für die Insekten immer einen eigenen Tisch. Da kommt extrasüßer Kuchen und extrasüße Limo drauf, weil dieses Fiechzeug sich immer auf die süßesten Speisen stürzt. Abgerundet wird die Sache mit Tisch-Kärtchen, Tischdecke und Servietten. Dann treffen sie sich alle in meinem Garten zum Ungeziefer-Tratsch.

Veronica, der Lenz ist da

Die Jahreszeiten.

Wahrscheinlich haben Sie sich schon oft gefragt, warum wir vier verschiedene davon haben und nicht einfach nur einen angenehmen ewig andauernden, lauen Sommer. Selbstverständlich arbeiten wir unbeirrt an einem Dauer-Sommer und heizen den Treibhauseffekt kräftig an. Unaufhörlich pumpen wir alles, was wir haben, in die Atmosphäre der Erde und hoffen so von Jahr zu Jahr mehr Sommer zu bekommen.

Aber für den Ursprung der Jahreszeiten ist etwas anderes verantwortlich.

Die Erde kreist nicht nur um die Sonne, sondern mit der Sonne zusammen um das Galaxienzentrum und befindet sich in dieser Galaxie, also der Milchstraße, mehr am Rande. Das heißt präzise, sie schwebt mit ihrem Mutterstern und den acht anderen Planeten, plus den Asteroiden, Kleinstplaneten, Kometen und dem Staub und Geröll in einem Arm der Milchstraßengalaxie.

Wieso Arm und nicht Bein?

Also, die Milchstraße ist eine Spiralgalaxie. Das wussten Sie sicher schon. Und die Arme einer Spiralgalaxie heißen nun mal „Arme" und nicht „Beine". So simpel ist das.

Anhand der Abbildung 1.1 wird Ihnen der Standort unserer Erde in der Spiralgalaxie „Milchstraße" verdeutlicht.

Abbildung 1.1

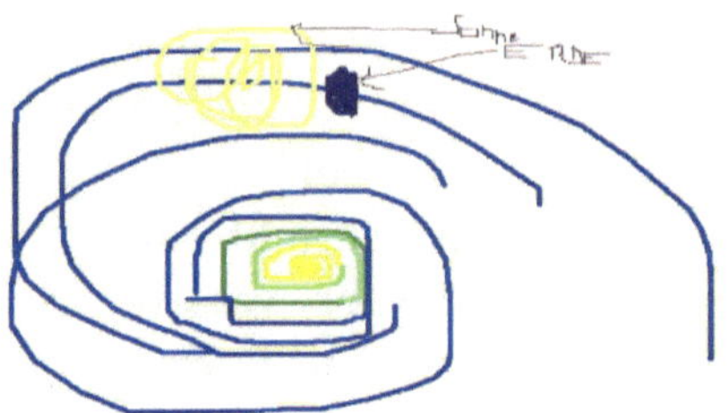

Ich habe versucht, die ovale Form der Erde etwas hervorzuheben. Leider ist mir das nicht gelungen.
Wenn Ihnen nun klar wird, wo wir uns in der Galaxie befinden, verstehen Sie auch ganz schnell, warum wir unter den vier Jahreszeiten zu leiden haben. (Vielleicht aber doch nicht, weil das eine mit dem anderen nicht viel zu tun hat. Aber egal.)
Die Spiralgalaxie „Milchstraße" schwebt leider nicht gerade im Weltraum. Sie pendelt quasi hin

und her. Das tun übrigens die meisten Galaxien, bis auf die Kugelsternhaufen. Die rollen. Warum die Galaxien pendeln, konnte die Wissenschaft noch nicht eingehend klären, aber alle studierten Astronomen der Welt, plus denen, die nicht studiert, aber schlau sind, arbeiten an einem Erklärungsmodell.

Die Erde, die nun in einem „Arm" geparkt sich mit dem Rest unseres Sonnensystems von der Pendelgalaxie durch den Raum ziehen lässt, muss sich verschiedene Baumelbewegungen gefallen lassen. Durch dieses regelmäßige Auf und Ab sind wir der Sonne mal näher und dann wieder weiter entfernt von ihr. Das Komische ist nur, dass, wenn wir der Sonne näher sind, es Winter auf der Nordhälfte ist und wenn wir uns entfernen, sich der Frühling langsam anmeldet.

Das hat etwas mit der Neigung der Erde zur Sonne zu tun. Hierfür habe ich die Abbildung 1.2 und 1.3 vorbereitet.

Abbildung 1.2
Sommer

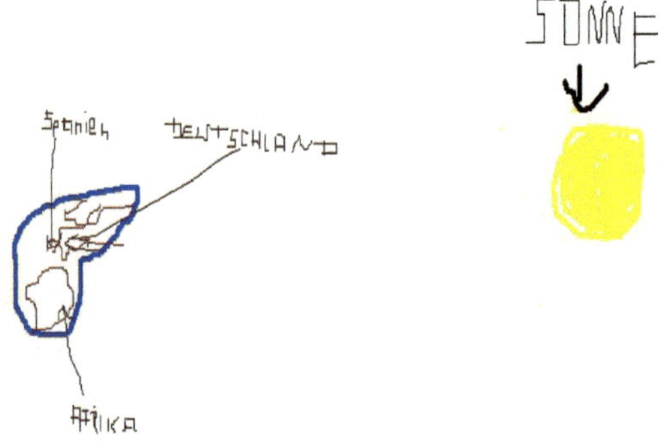

Abbildung 1.3
Winter

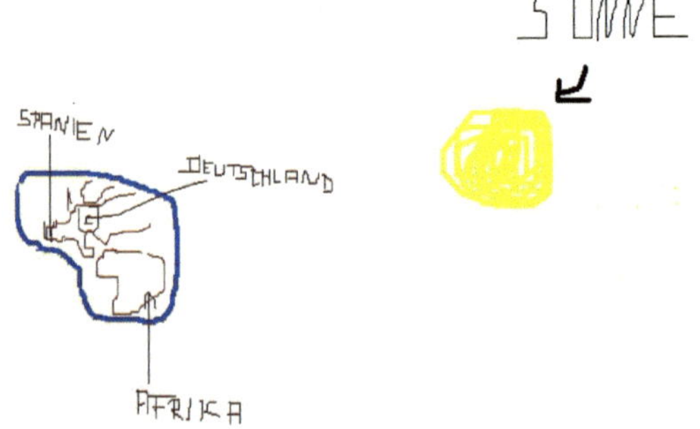

Anhand der Darstellung können Sie eindeutig erkennen, dass die Erde im Sommer eine andere Neigung zur Sonne hat. Nämlich eine ihr zugewandte. Obwohl die Erde im Winter – die Abbildung verdeutlicht es – der Sonne wesentlich näher steht, ist es zu dieser Jahreszeit kälter auf der Nordhalb-„kugel", da sie sich von der Sonne wegneigt.

Wahrscheinlich haben Sie noch nie gehört, dass die Neigung der Erde Pickel verursachen kann. Da aber nicht genau klar ist, warum diese kleinen unliebsamen Störenfriede immer wieder unseren makellosen Anblick ruinieren, kann auch keiner ernsthaft abstreiten, dass nicht der Neigungswinkel und damit ein chronisches Ungleichgewicht unseres Organismus Pickel entstehen lässt.

Pickel sind verstopfte, entzündete und meist vereiterte Talgdrüsen der Haut. Jeder kennt dieses kleine Problem. Man steht morgens verschlafen auf. Man ahnt nichts Böses und erwartet, das gewohnte Gesicht im Spiegel zu sehen. Ein flüchtiger Blick zum Spiegelbild, danach wendet man sich der Zahnpastatube zu. Die Tube wird geöffnet und eine Zahnpastawurst auf die Borsten der Zahnbürste gedrückt, während die verschlafenen Gedanken langsam sortiert werden. Plötzlich stockt einem der Atem. Auf der Stelle ist man online und konstruiert verspätet das soeben betrachtete Spiegelbild im Gedächtnis. Mosaik für Mosaik baut sich vor dem geistigen Auge ein Gesicht auf, das nichts mehr mit jenem Gesicht zu tun hat, das man am Abend zuvor vorm Zubettgehen noch wohlgesinnt zur Kenntnis genommen hat. Zögernd wandert der Blick wiederholt von der unvollständig mit Paste zubereiteten Zahnbürste zum Spiegelbild und ein Schrei des Entsetzens hallt durch den Waschraum, der noch einige Sekunden nachklingt. Ein Pickel mitten auf der linken Gesichtshälfte und ein zweiter kleinerer am Kinn. Welch Schmach! Ausgerechnet an diesem Abend sollte das Date mit dem oder der Angebeteten stattfinden. Nur ein Wunder kann hier noch helfen. Verschiedene Verfahrensweisen könnten bedingt Abhilfe schaffen.

Verfahren 1:
Ausdrücken.
Dabei ganz dicht vor den Spiegel treten und den Pickel intensiv taxieren. Die Zeigefinger beider Hände wohlüberlegt links und rechts des Pickels platzieren, sodass er gut zu packen ist. Nun beginnen Sie, sanft zu drücken, um die umliegende Haut zu schonen. Wenn sich mit der sanften Methode nichts erreichen lässt, drücken Sie kräftiger und gegebenenfalls noch kräftiger, bis der weiße Inhalt des Pickels hervorschießt. Erschrecken Sie nicht, falls er gegen den Spiegel saust, er lässt sich mit einem Tuch kinderleicht von glatten Flächen lösen.

Diese Prozedur ist zwar rasch durchzuführen, aber führt zu einem sehr unbefriedigenden Ergebnis. Durch die Kneiferei werden auch die umliegenden Hautpartien lädiert und bilden zusammen mit dem Pickel eine feurigrote, noch größere Beule als zuvor.

Verfahren 2:
Abdecken.
Für diese Methode sollte immer ein ergiebiger Abdeckstift im Hause sein. Möglichst sollte er mit der Farbe Ihrer Haut übereinstimmen, schlechtestenfalls aber zumindest Ihrer Hautfarbe nahekommen, damit nicht zu deutlich erkennbar wird, dass ein Abdeckstift Ihr Retter in der Not war. Tragen Sie die Farbe nicht zu sparsam auf und denken Sie unbedingt daran, den Stift den Rest des Tages bei sich zu tragen, da ohne vorheriges Ausdrücken, der Pickel ganz sicher zum Abend hin folgenschwer aufblühen wird. Die Schwellung wird anwachsen und der jungfräuliche weiße Kern wird zu einem reifen gelben Auswuchs umgewandelt. Spätestens jetzt, wenn nicht schon einige Stunden zuvor, nimmt Ihr Date Reißaus und alles ist verloren.

Verfahren 3:
Zahnpasta.
Falls Sie heute früh zur Schule müssen oder zur Uni, schwänzen Sie diesen Tag oder diese Vorlesung und schmieren sich Zahnpasta auf Ihren

Pickel. Die Paste lassen Sie den Rest des Tages wirken. Zeigen Sie sich so aber auf keinen Fall auf der Straße. Das könnte zur Beängstigung der Bevölkerung und somit zur Massenpanik führen. Zum Abend hin müsste Ihr Pickel zu einem kleinen Pickelchen geschrumpft sein und es reicht nun ein leichtes Abdecken mit Verfahren 2.
Dem Date steht nichts mehr im Wege.

Assistentin C:

Ich habe einen guten Friseur, der den Pickel mit einer Locke verdeckt! Dann beachte ich ihn einfach nicht mehr, geht auch wieder von allein weg.

Assistent H:

Das ist doch ganz einfach: Ich bespreche ihn.
Das heißt, ich sabbel den Scheiß-Pickel so lange zu (Niederdeutsche Weisheiten, französische Oden, Nachrichten, Wetterbericht, Stand der Weltlage im Allgemeinen und so weiter), bis er aufgibt und sich einfach aus meinem Gesicht schält und runterfällt. Da bleiben, wenn ich es aggressiv genug mache, nicht mal Narben zurück.

Assistentin SK:

Und ich dachte, jetzt kommt endlich mal die Frage, wie erlegt man eine Spinne. 🤠

Pickel kann man leider so schlecht mit dem Staubsauger wegsaugen. Ich hab's schon probiert, aber das ging nicht. Nun setze ich da immer 'ne Spinne drauf, die knabbert mir die Pickel dann über Nacht weg. Aber was, wenn man ihn erst am Morgen entdeckt? Man kann ja schlecht mit der Spinne im Gesicht rumlaufen.
Oder doch?

Der Paratismus

Nun komme ich zu einem wirklich magischen und geheimnisvollen Thema. Die Parapsychologie. Hier handelt es sich um unerklärliche Dinge, die nicht mit physikalischen Prinzipien erklärbar sind.

Meint man jedenfalls.

Zum Beispiel Gedankenlesen, außersinnliche Wahrnehmung oder das bewusste Bewegen von Gegenständen mit reiner Gedankenkraft.

Manche Menschen zweifeln noch daran, dass so etwas tatsächlich möglich ist, dabei erleben sie Tag für Tag genügend Unerklärliches. Beispielsweise ein aufgebrauchtes Gehaltskonto, ein gepfändetes Auto, ein leeres Portemonnaie und so weiter. Trotzdem ist der „Paratismus", wie die Parapsychologie auch genannt wird, allgegenwärtig und widerfährt jedem von uns.

Kennen Sie nicht diese unvorstellbare Zufälligkeit, dass Sie genau von der Person angerufen werden, deren Namen Sie schon seit Wochen vergessen haben?

Oder dass Sie ausgerechnet dann an jemanden denken, wenn er nicht an Sie denkt?

Vielleicht haben Sie schon mal unbeabsichtigt ein Glas oder eine Tasse auf dem Küchenboden zer-

scheppert und können sich absolut nicht erklären, wie Ihnen das passieren konnte. Es ist Ihnen offenbar unbewusst gelungen, dies durch reine Gedankenkraft geschehen zu lassen.
Nur zu oft werden solche Erlebnisse als bloßer Zufall abgetan. Dabei liegt es doch förmlich auf der Hand, wie oft uns der Paratismus im Alltag begegnet.
Ich habe beispielsweise gestern ein Eichhörnchen überfahren. Das Tier muss doch gewusst haben, dass ich genau in diesem Augenblick dort entlanggefahren komme. Die Wahrscheinlichkeit, dass ausgerechnet so ein kleines Eichhörnchen unter meine Räder gelangt, ist doch gleich null, wenn man bedenkt, dass es in dieser Gegend kaum Eichhörnchen gibt und auf dieser einsamen Straße lediglich alle fünf Minuten ein Auto fährt.

Haben Sie schon mal ein paar Gedanken an jemanden versendet? Absichtlich oder versehentlich?

Ein kleiner Tipp von mir: Verschicken Sie Ihre Gedanken nicht wahllos an jeden x-beliebigen Menschen, sondern sortieren Sie sie nach Relevanz. Lernen Sie, mit Ihrem wohlüberlegt versandten Gedankengut Ihre Mitmenschen zu manipulieren. Diese merken gar nicht, dass sie nicht ihre eigenen Gedanken denken, sondern in Wahrheit Ihre empfangen und glauben nur, dass sie denken, was sie denken, obwohl *Sie* es tatsächlich denken. Spannende Sache.

Ich beschränke mich beim Versenden meiner Gedanken auf kurze Mitteilungen. Das ist billiger, denn trotz Call-by-Call-Anbieter sind lange Gedankenübertragungen inzwischen fast doppelt so teuer wie noch vor einigen Jahren.
Damals, als es noch keinen Minutentakt gab, ich gebe zu, das liegt wirklich schon sehr lange zurück, da habe ich ganze gedankliche Dokumentationen verschickt. Inzwischen muss ich mich leider kürzer fassen, um weitere Kosten zu sparen.

Assistentin C:

Ich verwende grundsätzlich Abkürzungen dabei. Unglücklicherweise habe ich Probleme, den Punkt hinter der Abkürzung richtig zu denken. Denn wie denkt man einen Punkt? Daher kommen meine Gedanken manchmal unverständlich an.

Assistentin CK:

Ich übertrage meine Gedanken heimlich über die Stromleitung. Dazu muss mein Medium aber direkt in der Nähe einer Steckdose stehen, damit der Transport auch reibungslos funktioniert.

Assistent H:

Seit die „Gedankenübertragungssteuer" eingeführt wurde, ist es ja wirklich kaum bezahlbar, Gedanken mit anderen zu teilen oder gar ein Brainstorming zu veranstalten. Ich mache es seither so, dass ich meine Gedanken mittels eines Gedankentee-Transmitters in Teesatz, manchmal sogar in Kaffeesatz (ist nicht immer kompatibel) umsetze. Den Tee-/Kaffeesatz verschicke ich dann per German Parcel an die Menschen, mit denen ich Gedanken zu teilen gedenke. Ist zwar nicht so schnell wie der direkte Gedankenaustausch, aber heutzutage muss man ja an allen Ecken und Enden sparen.

Assistentin I:

Ganz einfach, ich übertrage einen kurzen Gedanken an die Person, mit der ich gerne kommunizieren möchte. Die Nachricht darf nicht länger als drei Worte sein, da es erst ab vier Worte kostenpflichtig wird. Also denke ich die drei Worte „ruf mich an". Ohne, dass sie weiß, warum, ruft sie mich auf ihre Kosten an und ich kann ihr alles sagen, was nötig ist, ohne einen Cent dafür bezahlen zu müssen.

Aber das Gedankenübertragen ist nicht die einzige übersinnliche Fähigkeit, derer wir Menschen, wenn auch nur unbewusst, nachgehen. Wir können auch Gegenstände zur Bewegung bringen und dies durch den reinen Willen des Geistes. Leider beherrschen wir unseren Geist nur beschränkt. Aber nicht verzagen. Denn Übung macht den Meister und nur wer regelmäßig Gegenstände in Zusammenarbeit mit dem Geist umherfliegen lässt, kann diese Fähigkeiten irgendwann auch richtig kontrollieren. Gezielte Sturzflüge von Tassen und Tellern gegen die Wand, ohne sie vorher in die Hand genommen zu haben, können uns viel Freude bereiten. Wir überraschen somit unseren Partner oder die Partnerin. Denn von nun an können wir behaupten, dass wir keine Schuld an dem zerbrochenen Geschirr haben, sondern unser Geist.

Sie wissen nicht, wie das mit den Schwebemanövern von beliebigen Gegenständen funktioniert und auf welche Weise Sie ein Trainingsprogramm für sich und Ihren Geist zusammenstellen sollen?

Nichts einfacher als das:

Führen Sie Ihre Übungen täglich durch und achten Sie darauf, dass Sie und Ihr Geist sich immer zur gleichen Uhrzeit treffen. Bedenken Sie, dass Ihr Geist bei diesen Spielen gerne den Takt vorgibt und lassen Sie ihm ruhig den Vortritt. Auf keinen Fall geben Sie ihm das Gefühl, er sei nur ein Geist, sondern nehmen Sie ihn und seine Talente bitte ernst. Ihr Geist ist eben auch nur ein Geist und etwas empfindsam. Legen Sie zum Beispiel eine Banane auf den Küchentisch und

konzentrieren sich auf die Frucht. Lassen Sie sich ruhig Zeit und entspannen Sie sich dabei. Denken Sie an nichts anderes, nur an diesen länglichen Gegenstand auf Ihrem Tisch. Lassen Sie sich nicht von den kleinen Obstfliegen ablenken, die immer wieder um die Banane herumfliegen. Versuchen Sie all Ihre Sinne auf die Banane zu lenken und wundern Sie sich nicht, wenn beim ersten Mal noch nichts passiert. Alles braucht seine Zeit. Werden Sie eins mit Ihrem Geist und der Banane. Dann stellen Sie sich vor, *Sie* würden über diesem Tisch schweben und bald werden Sie erkennen, dass Obstfliegen um Ihren Kopf schwirren und Sie gelb werden.
So machen Sie das Tag für Tag. Wenn Sie eines Tages glauben, Sie wären eine Banane, sind Sie Ihrem Ziel schon ein großes Stück nähergekommen.

Fragen wir mal unsere Assistenten, mit welchen übersinnlichen Fähigkeiten sie ausgestattet sind.

Assistentin C:

Ich kann das Wetter voraussagen. Besonders Stürme kündigen sich ein paar Tage zuvor in meiner linken Hüfte an. Dann zwickt und zwackt es dort deutlich.

Assistentin CK:

*Leider habe ich keine weiteren Fähigkeiten. Aber ich
gebe die Hoffnung nicht auf.*

Assistent H:

Ich kann machen, dass die Luft stinkt.

Assistentin I:

*Wenn ich in der U-Bahn einen Sitzplatz will, sage ich
in Gedanken „Steig die nächste Station aus". Klappt
jedes Mal. (Bin ich jetzt eine Hexe?)*

Sind Sie eigentlich schon schlauer geworden?
Haben Sie vielleicht noch nicht so recht durch-
blickt, was Ihnen dieses Buch sagen will, beziehungsweise nicht will? Das macht nichts. Noch
sind Sie nicht am Ende dieses Werkes und das
ausschlaggebende Resümee haben wir noch
nicht gezogen. Hier geht's ja eigentlich um die
Frage nach dem Sinn des Lebens, weil es vielleicht einen gibt oder möglicherweise doch nicht.
Lesen Sie nun unbesorgt weiter. Sie brauchen
sich ja Ihren Kopf über diese Fragen nicht zu
zerbrechen. Das machen schließlich wir.

Männlein und Weiblein

Kennen Sie eigentlich die Anatomie des Menschen? Also die Zusammensetzung seines Körpers, von den Flüssigkeiten und dem Mageninhalt abgesehen. Was ist Anatomie und warum sind einige anatomisch anders als andere?
Schauen wir dazu in die gesunden Körper zweier Menschen. Hierfür habe ich mal wieder zwei zwar unzulängliche, aber durchaus bildhafte Entwürfe vorbereitet. Sie sollen die anatomischen Unterschiede zwischen Mann und Frau verdeutlichen.

Abbildung 3.1
Frau

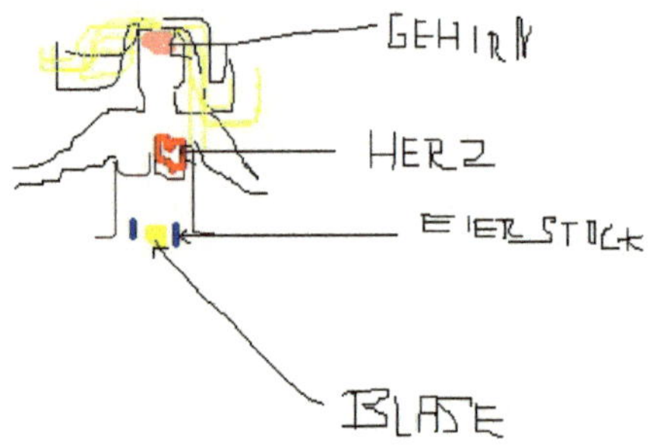

Abbildung 3.2
Mann

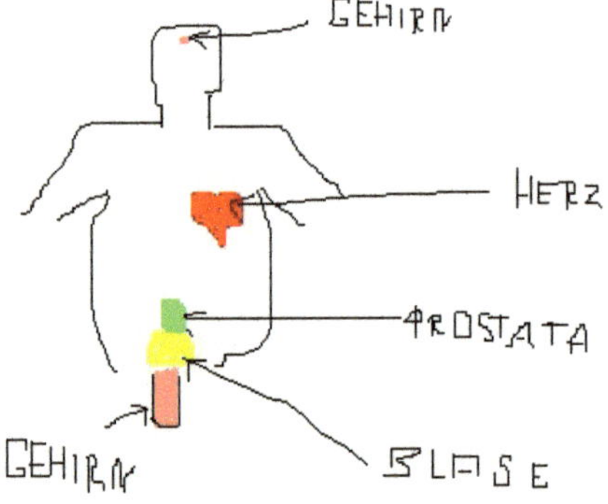

Sofort fällt Ihnen etwas auf. Mann und Frau sind anatomisch zwei absolut verschiedene Wesen. Sie könnten praktisch von zwei unterschiedlichen Planeten stammen.

Eine Frau besitzt zwar Eierstöcke, wurde aber stattdessen ohne Prostata ausgestattet, die beim Mann zur kostenlosen Grundausstattung gehört. Da eine Prostata zum männlichen Geschlechtsapparat mitgerechnet wird, wäre es auch ziemlich unlogisch, wenn eine Frau mit einer Prostata versehen wäre, denn sie verfügt über einen rein weiblichen Geschlechtsapparat.

Der Mann hat leider keine Eierstöcke und an einer Gebärmutter hat die Natur auch bei ihm gespart. Die schicksalhafte Quintessenz ist nun folgende:

Der Mann wird niemals in seinem Leben, aber auch wirklich niemals wissen, wie es ist, einen Eisprung zu haben.

Schauen wir uns nun die Organverteilung an. Das Herz sitzt bei jedem am gleichen Fleck. Hier können wir schon mal aufschlussreiche Übereinstimmungen erkennen. Man könnte fast vermuten, wir stammten von der gleichen Rasse ab. Schauen Sie jetzt aber auf die Gehirnverteilung und stellen Sie fest, dass Frau über einen großen, äußerst aktiven Gehirnapparat verfügt. Mann dagegen verfügt nur sporadisch über einen. Die meiste Zeit seines Daseins wird die Gehirnmasse in seinem Geschlechtsteil aufbewahrt. Hier kommt es nur einer einzigen Aufgabe nach. Ununterbrochen über Sex nachzudenken. Weil die Gehirnzellen in diesem Bereich daher nur einseitig beansprucht werden, verkümmern die meisten und sterben ab. Der Vorrat an funktionstüchtigen Nervenzellen nimmt im Leben eines Mannes rasant ab und lässt ihn gemessen am Gehirn doppelt so schnell altern wie die Frau. Daher ist auch die Lebenserwartung von manchen Frauen bedeutend höher als die des Mannes. Denn ohne Nervenzellen im Gehirn, kann auch der restliche Körper nicht funktionieren.

Aber Frau hat ein ganz ähnliches Problem, das ich schlecht auf meinen Abbildungen hervorheben konnte. Frauen reden gern über alles und nichts. Nehmen hauptsächlich tiefgründige und sentimentale Themen gründlich auseinander und beleuchten alles von unterschiedlichster Seite. Eine Frau äußert wöchentlich mehr Worte als ein Mann in einem Jahr. Daher erliegen auch bei der Frau ein großer Teil der Gehirnzellen ihrem Schicksal, denn sie fallen einfach während des Redens aus dem Mund heraus und vegetieren auf dem Fußboden dahin, falls nicht ein anderes Lebewesen zufällig vorbeikommt und diese Zellen durch intensives Auflecken aufnimmt.

Hier verbirgt sich eine nicht abschätzbare Gefahr für Mann und Frau. Ihre Intelligenz könnte irgendwann endgültig verloren gehen und sich auf das Haustier übertragen.

Wann ist man eigentlich alt? Und wie lange ist man jung? Ab wann überschreitet man die magische Grenze?

Fangen wir mal bei Null an. Kurz nach der Geburt, da werden mir alle noch zustimmen, ist man wirklich jung. Denn nun fängt der Formungsprozess erst an.
Gehen wir dann in 10er Schritten voran, sonst dauert's zu lang.
Mit zehn ist man sicherlich auch noch recht jung, denn die Zellen des Körpers teilen sich weiterhin unermüdlich und die Entwicklungsphase ist längst nicht abgeschlossen. Mit zwanzig ist die Phase der Reifung immer noch nicht vollständig vollzogen und man könnte diesem Alter weiterhin eine gewisse Jugendlichkeit zusprechen. Vergleicht man allerdings die Lebenserwartung der heutigen Menschen mit denen der Vorzeit, die im Schnitt dreißig betrug, wird schnell klar, dass man mit zwanzig auch durchaus schon zum alten Eisen gezählt werden könnte. Aber wir sollten unsere Überlegungen an die Fakten der heutigen Zeit anlehnen, denn die derzeitigen Alten können bei guter Pflege durchaus die Einhundert überschreiten. Das wiederum bedeutet, dass ein Mensch mit dreißig zweifellos noch als jung zu bewerten wäre, obwohl die Teilung seiner Zellen bereits nachzulassen beginnt. Und auch ein Mensch mit vierzig könnte unter Umständen noch als jung bezeichnet werden, denn

er befindet sich rechnerisch noch unter der Hälfte des erwarteten Höchstalters.

Dabei darf aber nicht außer Acht gelassen werden, aus welchem Blickwinkel man das Ganze betrachtet. Ein zwanzigjähriger Mensch wird einen vierzigjährigen mit Gewissheit für alt erklären, da der Zeitabschnitt zwischen ihm und den Älteren genau die Differenz seines gerade mal erreichten Alters beträgt. Also muss ihm die Spanne erheblich groß vorkommen.

Ein achtzigjähriger Mensch wird einen vierzigjährigen beachtlich jung finden, da er lediglich halb so alt ist wie er selbst.

Sie sehen, das Alter ist also relativ und eine Frage des Betrachters. Eine Variable kann eben nicht fixiert werden, da sie halt variabel ist.

Es kann nicht vollends ausgeschlossen werden, dass die Behauptung, sechsundsechzig wäre jung, denn da würde das Leben erst beginnen, durchaus korrekt ist. Allerdings ist in diesem Alter von Zellerneuerung letztlich keine Spur mehr. Die halbe Lebenserwartung ist längst überschritten und trotzdem fände ein hundertjähriger Mensch einen sechsundsechzigjährigen immer noch verhältnismäßig taufrisch.

Bei diesen Überlegungen darf nach den neusten Erkenntnissen der Anti-Aging-Medizin auch das biologische Alter nicht außer Acht gelassen werden. Das biologische Alter definiert sich über die Fitness des Körpers und des Gedächtnisses. Will sagen, so lange wir körperlich und geistig fit

sind, sind wir fit und sobald die Leistungen abnehmen, nehmen sie ab. Ein Sechzigjähriger
könnte geistig viel dynamischer sein als ein
Zwanzigjähriger. Demnach wäre der Zwanzigjährige nach der Anti-Aging-Hypothese älter als
der Sechzigjährige. Der Zwanzigjährige könnte
aber körperlich viel beweglicher sein als der
Sechzigjährige. Demzufolge doch wieder jünger.
Wenn man nun die eine Leistung gegen die andere aufwiegt, heben sie sich wieder auf, denn
jeder kann etwas, was der andere nicht so gut
bewältigt.

Fazit: Der Sechzigjährige ist biologisch genauso
alt wie der Zwanzigjährige.

Nun verstehen Sie sicher auch, warum es absolut
unnötig ist, sich Gedanken über das Altern zu
machen. Egal, wie alt Sie rechnerisch sind. Sie
könnten auch mit zwanzig schon ein Greis sein.

Das Wetter

Biologisch gesehen ist das Wetter so alt wie die Erdgeschichte. Neuzeitlich gesehen ist es erst so alt wie unsere ersten Wetteraufzeichnungen. Nach der Anti-Aging-These könnte es aber auch erst halb so alt sein, denn seine Kraft und Intensität hat es auch nach 4,5 Milliarden Jahren Erdgeschichte nicht verloren.

Das Wetter ist nüchtern betrachtet das Zusammenspiel meteorologischer Elemente wie Temperatur, Luftfeuchtigkeit, Wind, Wolken, Niederschläge und so weiter. Hoch- und Tiefdruckgebiete nahen heran und ziehen vorbei.
Ein Hochdruckgebiet ist ein Gebiet, das überwiegend hoch gedrückt wird, während ein Tiefdruckgebiet verhältnismäßig tief gedrückt wird.
Im Hochdruckgebiet treffen wir in den allerseltensten Fällen Wolken, Wind und Regen an, denn meistens befindet sich nur Luft darin und sonst gar nichts. Ein hochgedrücktes Wolken-, Wind-, Regengebiet, das also wie gesagt kein Wolken-, Wind-, Regengebiet ist, sondern eher ein Luftgebiet, bringt immer gutes Wetter, da es so weit nach oben gedrückt wurde, dass die Wolken, Wind und Regen der Erde nichts mehr anhaben können, wenn sich dort Wolken, Wind und Regen befinden würden, was aber nicht der

Fall ist, da es sich ja um ein Hochdruckgebiet handelt, das wolken-, wind- und regenfrei ist.

Ein tiefgedrücktes Wolken-, Wind-, Regengebiet ohne Wolken, Wind und Regen kann eigentlich keines sein, da es immer aus Wolken, Wind und Regen besteht. Meistens oder manchmal auch immer, bringt es miserables Wetter, nicht nur allein wegen der Wolken, Wind und Regen, sondern weil es besonders tief gedrückt wird und somit die Wolken, Wind und Regen der Erde sehr nahe kommen.

Hierzu Wetterexperte Assistent H:

Meteorologe
Assistent H:

Die Druckgebiete werden nach althergebrachter Meinung durch Menschen und Kühe beeinflusst, wenn nicht sogar hervorgerufen.

Wenn viele Menschen unbewusst gleichzeitig tief einatmen, dann wird der Umgebung Volumen in Form von Luft entzogen. Man kann sich vorstellen, dass, wenn 500.000 Menschen und 800.000 Kühe gleichzeitig einatmen, eine große Volumenmenge Luft aus der Umgebung abgezogen wird. Das hat nun zur Folge, dass von außen Luft in diese Gebiete nachrückt. Ein Tiefdruckgebiet entsteht.

Gehen die Menschen und Kühe nun ein paar Meter weiter und lassen die Luft wieder raus, so werden große Luftmassen von A nach B verlagert. Diese ausströmende Luft geht in die Umgebung und die bereits vorhandene Luft wird weggedrückt. Voilà, ein Hochdruckgebiet wurde erstellt.

Das Wetter ist wettertechnisch erklärt ein Frosch in einem Glas und wenn er tief im Glas sitzt, dann wird es regnen, wenn er aber hoch oben auf der Leiter sitzt, dann wird uns mit Sicherheit ein sonniger Tag erwarten. Beeinflusst wird seine „Glasposition" von den Hoch- und Tiefdruckgebieten. Tiefdruckgebiete, die, wie bereits erläutert wurde, meistens Regen bringen, drücken den Frosch sehr tief ins Glas. Umso tiefer er sitzt, desto schlechter wird das Wetter. Hochdruckgebiete ziehen ihn geradezu aus dem Glas heraus. Sitzt er besonders hoch, können wir mit einem äußerst sonnigen Tag rechnen.

Sollten Sie nun beabsichtigen, sich einen Wetterfrosch zuzulegen, möchte ich Ihnen folgenden Tipp geben:

Das Glas sollte mindestens 30 Zentimeter hoch sein und nach oben hin offen, für den Fall, dass ein Hochdruckgebiet ihn beträchtlich in die Höhe ziehen sollte. Es könnte dazu führen, dass der Frosch an den Deckel stößt und sich erhebliche Verletzungen dabei zufügt. Bitte vergessen Sie auf keinen Fall die Leiter, die leicht übers Glas hinausschauen sollte. Wählen Sie den Frosch mit Sorgfalt aus. Am besten hat sich bisher der mexikanische Klippenfrosch bewährt, aber auch Leoparden- und Sumpffrösche können für den Einsatz im Glas genutzt werden.

Die meisten Frösche lieben das Wasser. In Tümpeln oder Teichen aalen sie sich am liebsten. Ein froschbelebter Teich macht sich durch „Quaak"-Geräusche bemerkbar. Wie es dem Teich allerdings gelingt, entsprechende Geräusche von sich zu geben, ist ein Rätsel. Würde es keine Teiche mehr geben, hätten Frösche keine Lebensgrundlage mehr (ausgenommen der Wetterfrösche, die vorwiegend im Glas leben).
Glücklicherweise jedoch haben wir ganze Meere voller Wasser. Das heißt, so lange es Wasser gibt, wird es auch Froschteiche geben.

Woher aber kommt dieses ganze Wasser? Und warum gibt es so viel von diesem Wasser auf unserer Erde und nichts davon auf den anderen acht Planeten unseres Sonnensystems?

Man könnte beinahe annehmen, dass die Erde bei der Evolution bevorzugt wurde und aus irgendeinem rätselhaften Grund das Wasser allen anderen Planeten abgeknöpft hat. Denn schauen wir einmal zu unserem roten Nachbarplaneten, dem Mars. Inzwischen haben all unsere unbemannten Aufklärungssonden, die wir beauftragt haben, den Mars zu erkunden, festgestellt, dass mal vor langer Zeit Wasser in den Tälern und vermuteten Flussbetten plätscherte. Aber nun ist alles weg. Einfach verschwunden. Da liegt doch der Verdacht nahe, dass dieses Wasser auf irgendeinem geheimnisvollen Weg zur Erde gelangt ist. Schließlich schwimmen wir hier regelrecht im Wasser. Und an den Polen haben wir zusätzliche eisige Reserven. Für den Fall, dass uns Wasser ans Weltall verloren ginge, könnte die Erde sozusagen ihre Polreserven mobilisieren, um die Meere wieder aufzufüllen.

Versuchen wir also mal den Weg des Wassers vom Mars zur Erde zu rekonstruieren. Dabei müssen wir in der Zeit sehr weit zurückreisen. Etwa rund 5 Milliarden Jahre. Zu dieser Zeit hat sich etwas Bedeutendes zugetragen:

Unser Sonnensystem bildete sich.

Die Planeten, so wie wir sie heute kennen, gab es noch nicht. Sie waren noch Staub und Geröll, der sich aber bereits um einen Schwerpunkt drehte und zu wachsen begann. Stellen Sie sich also nun viele Schwerpunkte vor, die alle um die Sonne kreisen, so wie heute unsere Planeten. All diese Schwerpunkte beherbergen Schwerkraft, die den Staub und das Geröll im Weltall einfangen und an sich binden.

So, jetzt bin ich zu weit abgeschweift und weiß überhaupt nicht mehr, worauf ich eigentlich hinauswollte.

Sie wissen nicht, wie Sie sich einen Schwerpunkt vorzustellen haben?

Eigentlich macht es nichts, wenn Sie das nicht wissen. Es ist auch in Ordnung, wenn Sie sich den Schwerpunkt einfach wie einen stinknormalen Punkt vorstellen. Ein Punkt, der in einer elliptischen Bahn um einen riesengroßen gelben Punkt (Sonne) kreist. Diese vielen kleinen Punkte stellen Sie sich jetzt magnetisch vor. In Ihrer Phantasie sollen diese Punkte einen magnetischen Nordpol besitzen. Staub und Geröll des Weltalls sehen Sie einfach als kleine Bindestriche, mit einem magnetischen Südpol.

Die Punkte ziehen nun die Bindestriche an sich heran und durch die Schwerkraft werden sie alle kräftig um die Punkte herumgewirbelt. Mit der Zeit wachsen die Bindestriche um die Punkte herum an und verbinden sich. Der Planet entsteht.

All das Wasser auf unserer Erde war ursprünglich mal das Wasser des gesamten Sonnensystems bevor es überhaupt Planeten gab, denn es war zwischen dem Staub und Geröll (den Schwerpunkten und den Bindestrichen) gleichmäßig verteilt. Später vereinigten sich die Wassermoleküle mit den Bindestrichen. Als dann die Bindestriche von den Scherpunkten eingefangen wurden und sich nach und nach zu den großen runden Planeten (eigentlich sind sie ja oval) unseres Planetensystems aufschichteten, da sollte sich etwas ganz Seltenes ereignen.

Die Erde wurde von einem herumstreunenden Planeten getroffen, der ungefähr die gleiche Größe hatte wie der Mars. Dieser Planet wurde dabei auseinandergerissen und zerfiel in seine Bestandteile, also seine Bindestriche. Diese Bindestriche kreisen übrigens heute noch in einer Bahn zwischen Mars und Jupiter um die Sonne herum. Aber das wirklich Tragische an diesem Ereignis war Folgendes: Ein kleiner Teil der Erde spaltete sich ab. Aus diesem Teil sollte sich später der Mond bilden. Durch diesen gewaltigen Zusammenstoß beider unvollendeter Planeten wurde die Erde aus ihrer regulären Bahn um die Sonne gefegt und flog mit einer unvorstellbaren Geschwindigkeit an den anderen Planeten vorbei. Durch die enorme Fliehkraft der Erde wurden alle Wasseratome der Planeten aufgewirbelt, schwirrten unkontrolliert ins All und konnten so durch die Bindestriche der vorbeisausenden Erde eingefangen werden. Zufälligerweise gelangte die Erde nach diesem Ausflug genau an ihren Ausgangspunkt zurück, an der der abgetrennte Mond immer noch herumschwebte. Dass die Erde wieder auf ihre vorherige Umlaufbahn geriet, ist zweifelsohne eine bemerkenswerte Zufälligkeit, die sich die Wissenschaftler noch nicht so recht erklären können. Aber immerhin konnte die Flugbahn der Erde an den anderen Planeten vorbei, halbwegs exakt berechnet werden, was uns allerdings auch nicht viel nützt.

Bis vor Kurzem dachten wir noch, dass das Weltall ziemlich leer ist – also die Lücken zwischen den Sternen und Planeten. Nun aber haben wir neue Erkenntnisse zusammengetragen und wissen recht genau, dass in den Zwischenräumen eine Menge umherfliegt. Abgesehen von einer ganzen Menge Staub und Geröll und unerschöpflich viel Vakuum, fliegt eine Voyager Sonde unkontrolliert durch die Weiten des Alls, zusätzlich der Abfall unserer Raumfahrt-Missionen, wie abgestoßene Raketenteile, ausgemusterte Satelliten oder ein Weltraumteleskop und eine Raumstation. Zusammengefasst könnte man es auch Raumschrott nennen. In sternenklaren Nächten können wir unseren Raumschrott am Nachthimmel in Form eines kleinen wandernden leuchtenden Punktes ausmachen und uns an seinem Anblick erfreuen. Wenn man bedenkt, dass einige tausend Raumschrottpunkte allein unsere Erde umkreisen, können wir erahnen, wie viele Zusatzpünktchen neben den funkelnden Sternen uns zum Betrachten einladen. Obendrein besteht die Möglichkeit, Sternschnuppen mit dem Auge einzufangen. Aber das erfordert Zeit und Geduld, denn Sternschnuppen sind selten und kurzlebig. Ein paar Sekunden sind sie nur zu sehen, bevor ihnen das Licht ausgeht. Viele Menschen fragen sich, was Sternschnuppen konkret sind.

Assistent H:

*Sternschnuppen sind, wenn in einem klaren Nacht-
himmel kleine Lichtblitze herumflirren und mir das
schnuppe ist, weil ich gerade an was anderes denke.*

Assistentin SK:

*Das sind Sterne, die aus dem Himmel verwiesen wor-
den sind, weil ihnen immer alles schnuppe ist; das
passt den anderen Sternen nicht und daher müssen
sie gehen. Dann werden sie einfach aus dem Himmel
geschubst und landen im Nirwana.*

Assistentin CK:

*Sterne sind ziemlich oft erkältet, da die Temperatur
im Weltraum sehr frostig ist. Immer wenn sie niesen,
geben sie Schnuppe in den Weltraum ab. Diese Trop-
fen können von der Erdatmosphäre eingefangen werden. Dann fallen die Spritzer auf unsere Erde hinab
und fangen an zu leuchten.*

Assistentin C:

*Ich kann leider nicht korrekt beantworten, was
Schnuppen sind. Ich bin Friseurin und keine Astro-
nomin! Kann aber gerne was zu Schuppen erzählen.*

Um den Weltraum schneller erreichen zu können, sei es nun um Raketen ins Weltall zu beför-

dern oder einfach nur um ein bisschen frisches Vakuum zu tanken, bräuchten wir einen Verbindungsweg, den alle Menschen nutzen könnten, wenn ihnen danach wäre, einen Weltraumausflug zu machen. Der einfachste Weg wäre, eine Leiter zum Mond zu bauen, denn für eine Leiter braucht man weder einen Führerschein noch ein Weltraumtraining. Eine Leiter kann jeder besteigen, ob groß oder klein, jung oder alt. Fraglich ist nur, wie viele Sprossen eine Leiter haben müsste, die bis zum Mond reicht?

Tatsächlich wird über eine derartige Idee bei der NASA und der Esa nachgedacht. Ein Turm, der über die Atmosphäre der Erde hinaus ins Weltall ragen soll, ist der abenteuerliche Plan, um die Kosten aufwändiger Raketenstarts in den Weltraum zu sparen. Leider fehlt uns bis heute etwas ganz Entscheidendes, um dieses Abenteuer in die Realität umzusetzen. Ein Kran, der hoch genug ist, um den Turm aufzustellen.

Es wäre also wesentlich zweckmäßiger, wir würden keinen Turm, sondern eine Leiter errichten. Dabei könnten wir uns Sprosse für Sprosse nach oben vorarbeiten. Da eine Leiter, anders als ein Turm, nicht von allein Halt findet, müssten wir sie an den Mond anlehnen, um ihr eine statische Stütze zu geben. Schwierig wird es nur in der Bauphase, wenn die Leiter noch nicht lang genug ist, um an den Mond angelehnt zu werden. Es müssten verschiedene Personen im Wechsel die Leiter festhalten, bis sie hoch genug

wäre, um am Mond Halt zu finden. Zugegeben, das wäre kein leichter Job, denn dieses gewagte Projekt könnte gut und gerne vier bis fünf Jahre dauern. Mindestens vier bis fünf Teams von Leiterhaltern müssten ununterbrochen zur Verfügung stehen, und das bei Tag und bei Nacht.
Aber viel entscheidender ist doch die Frage, wie viele Sprossen wir für diese Leiter benötigen würden und ob die Ressourcen der Erde für dieses Mammutunterfangen reichen könnten. Unzählige Bäume müssten gefällt werden, um die Mondleiter zu erstellen. Es müsste zuvor kalkuliert werden, wie viele Sprossen eine Leiter bräuchte bei einer Entfernung vom Mond zur Erde von 385.000 km und ob der Vorrat an Bäumen auf der Erde reicht.

Assistent H:

Ich würde das Problem folgendermaßen angehen:
Um die Ressourcen auf der Welt zu schonen, würde ich einen Menschen züchten, der ganz lange Beine hat. Damit spare ich pro km diverse Leitersprossen, sodass weniger Holz benötigt würde. Die Leiter darf auch nicht bis ganz auf den Mond reichen, weil sonst die Erd- sowie Mondrotation gestoppt würde, was das Ende der Welt und den Zusammensturz von 3/7 der Milchstraße zur Folge hätte (habe ich mal eben ausgerechnet). Wenn wir die Leiter 1 km vor der Mondoberfläche enden lassen würden, hätten wir wieder etwas Holz gespart. Und aufgrund der geringen Schwerkraft auf dem Mond würde beim Sprung von

der Leiter auf die Mondoberfläche der Aufprall aus einem Kilometer Höhe (oder Tiefe?) nicht so hart sein. Sollte der Riesenproband nicht auf dem Mond aufsetzen, sondern stattdessen in die Weiten des Alls abdriften, müssten wir einen zweiten Probanden heranzüchten.

Wäre der Typ also 23,8 m groß, hätte er eine geahnte Schrittweite von 18,3 m. Soweit könnten die Sprossen auseinander stehen. Wir würden dann 21.038,25 Sprossen benötigen.

Die fertigen wir aber nicht aus Holz, sondern aus gehärtetem Fischtran, denn Fisch ist eine schnell nachwachsende Ressource, die die Umwelt nicht belastet.

Dem Mondkletterakrobaten müssten wir also zusätzlich den Geruchssinn abtrainieren. Oder die Nase entfernen, was bedeuten würde, dass wir es hier mit keinem Brillenträger zu tun haben dürften.

Wenn wir meinen Plan in die Realität umsetzen, dann sind wir sicher recht schnell beim Mond. Es könnten dann auch Bedürftige dort preiswert Urlaub machen. Sie müssten halt nur lange Beine haben, keine Nase und relativ fit sein, um die 21.038,25 Sprossen innerhalb der vertraglichen Urlaubszeit zu bewältigen.

Assistentin CK:

Man bräuchte einen Mix aus Leiter und Kletterseil, da sonst der Holzvorrat der Erde nicht reichen würde. Nach jedem Kilometer Kletterseil fertigen wir eine Sprosse, um danach wieder einen Kilometer Kletterseil zu klettern. Fraglich ist nur, wo wir das Kletterseil anbringen, wenn wir die nächste Stufe noch gar nicht angesetzt haben, da wir uns ja stückweise nach oben vorarbeiten. Dieses Problem können aber andere für mich lösen. Auf jeden Fall müssten die Treppenstufen auf diese Weise reichen, sofern sie nicht breiter als 50 cm sind. Da die Entfernung Erde / Mond 385.000 km beträgt, benötigt diese Treppe logischerweise 385.000 Stufen.

Assistentin SK:

Ich bin mir ziemlich sicher, dass aus dem gesamten Holz der Erde mindestens 10 Leitern gebaut werden könnten.
Nehmen wir also an, die Erde verfügt über eine Gesamtmenge von X Bäumen und wir könnten ein Team von 23.587 Arbeitern zusammenstellen, die 10 Leitern bauen, welche 385.000 km lang werden sollen, dann würden wir das in 20 Jahren geschafft haben. Da Holz zwar ein langsamer, aber ein nachwachsender Rohstoff ist, sollte es uns also gelingen, die Leitern mit dem verfügbaren und dem später herangezogenen Holz zu bauen, wobei zu bedenken wäre, dass die Sprossen nicht breiter als 28,5 cm sein dürften. Somit kämen wir auf eine Gesamtsumme von 395.972.500 Sprossen pro Leiter.

Assistentin C:

Ich glaube nicht, dass das Holz der Erde dafür reichen würde. Schließlich haben wir bereits schon zu viele

Wälder abgeholzt. Außerdem, was wollen wir auf dem Mond? Der ist sowieso zu weit weg.

Hungern, ohne zuzunehmen

Kennen Sie sie nicht auch? Diese vielen kleinen Ratgeber in irgendwelchen Zeitschriften.
„Abnehmen in nur 14 Tagen" oder „Die Coca-Cola-Diät" oder „Essen und trotzdem abnehmen" und so weiter.

Man wird ja förmlich erschlagen mit guten Ratschlägen, wie man seine formlose Figur behalten oder sie einfach mit verschiedensten Diäten endgültig ruinieren kann. Und immer soll alles so einfach sein. Ich kann darüber nur den Kopf schütteln. Letztens habe ich die Käsekuchendiät ausprobiert und habe eine Woche nichts anderes gegessen als Käse und Kuchen. Ich bin wirklich eisern gewesen und habe mich strikt an den vorgegebenen Ernährungsplan gehalten. Der Dank: 6 Kilogramm mehr auf den Rippen. Aber so schnell gebe ich nicht auf. Also habe ich gleich daran anknüpfend mit der „Essen und trotzdem schlank"-Diät begonnen. Auch hier bin ich absolut konsequent gewesen. Ich habe alles gegessen, was mir zwischen die Finger kam. Und was soll ich sagen, der Jo-jo-Effekt machte auch vor mir keinen Halt. Ich habe doch tatsächlich noch mehr zugenommen als zuvor. Sofort habe ich meine Ernährung wieder umgestellt und normal gegessen. Der Schock saß zu tief.

Eines habe ich gelernt: Diäten bringen einfach nichts.

Egal, mit welcher Diät ich es probierte, immer bin ich danach ein paar Kilo schwerer gewesen. Das Einzige, was wahrhaftig hilft, ist „FDH" (Friss die Hälfte), behaupten jedenfalls diäterprobte Leute. Und die müssen es ja wissen. Daher versuchte ich bald hoffnungsvoll diese Diät. Diesmal sollte alles klappen und dementsprechend hatte ich mir einen taktischen Plan ausgearbeitet, dessen strenge Durchführung mir verhelfen sollte, mich in eine magersüchtige Gazelle umzuwandeln. Ich schnappte mir also alle meine Lebensmittel im Kühlschrank und schnitt sie zur Hälfte durch; auch die Pizza, die Äpfel, den Käse, die Wurst. Das Marmeladenglas war etwas schwierig zu zerteilen, daher verteilte ich den Inhalt in zwei Schüsseln. Das Brot halbierte ich und das Stückchen Butter ebenso. Somit kam es, dass ich alles Essbare in meinem Haus in zwei Hälften geteilt hatte, und war wirklich guter Dinge. Wenn das nun nicht half, dann half überhaupt nichts mehr. Aber nach einer Woche gab ich auch diese Diät entmutigt auf. Nachdem ich meine zweigeteilte Pizza zu mir genommen hatte, erst die eine Hälfte, dann die andere, bestieg ich nach 7 Tagen eiserner Spaltung meiner Lebensmittel zuversichtlich die Waage. Nichts. Rein gar nichts hatte sich verändert. Ich hatte mit einer Halbierung meines Gewichtes gerechnet. Aber wieder einmal wurde ich enttäuscht.

Mein Fazit für alle Diätwilligen: Diäten machen dick!

Assistent H:

Um abzunehmen, esse ich einfach jeden Tag fünf Tafeln Schokolade und eine Pizza „Curryhuhn". Was nämlich kaum einer weiß: Im Curry des Curryhuhns ist ein geheimer Stoff, der aber nur in Verbindung mit der Menge von mindestens fünf Tafeln Schokolade ein Abnehmen des Körpers bewirkt.
Das bedeutet, je mehr man davon isst, desto mehr nimmt man ab.
Das Ganze funktioniert auch mit der Kombination von Hafenschlick und Autoreifen mit einem Profil von höchstens 2 mm, aber das ist nicht sehr empfehlenswert.

Assistentin C:

Wichtig ist es, sich gesund zu ernähren und etwas Sport zu treiben. Schwimmen wäre zum Beispiel sehr gut. Es regt den Stoffwechsel an und führt zur gewünschten Fettverbrennung. Auf keinen Fall aber sollte man sich zu sehr geißeln und auf Schokolade verzichten. Daher ist ab und zu ein oder zwei Stückchen herbe Schokolade erlaubt. Bitterschokolade be-

sitzt einen höheren Kakaoanteil und dafür weniger Fett.

Assistentin CK:

Schafft Euch einfach ein Kind an, dann ist das Abnehmen kein Problem mehr. Man findet kaum noch Zeit zum Essen oder vergisst es.

Assistentin I:

Tatsächlich sind unsere „Ess"-Gene für das heutige Jahrtausend nicht geschaffen und sie werden sich auch in 1.000 Jahren noch nicht angepasst haben. Die Urzeitmenschen hatten ein komplett anderes Essverhalten. Man aß sich einen Vorrat an Speck an für schlechtere Zeiten. In diesen schlechten Zeiten, in denen entweder wenig oder nur begrenzte Nahrung zur Verfügung stand, benötigte man dieses Übermaß an Speck, um zu überleben. Heute aber gibt es ein Überangebot von Nahrungsmitteln. Der Körper möchte immer noch Fettreserven anlegen, obwohl es nicht mehr nötig ist.
Der Ausweg aus dieser Misere heißt „Sport". Bewegung baut Kalorien ab. Der Stoffwechsel wird angeregt und wir verbrennen das überschüssige Fett.
Ein anderer Ausweg wäre die Abschaffung der Konsumwelt. Aber wer möchte das schon? Wir müssten unsere Nahrung wieder sammeln und auf die Jagd gehen.
Ich habe meine Nahrung allerdings lieber im Kühlschrank.

Assistentin SK:

Mein Diä.-plan funktioner. folgendermaße.. Hie. un. da verschwind etwas. Einfac. imm.. aufhören, bevor ma. sat. is. un. ma. kann trotzde. alles probiere. un. esse.. De. Rest komm. einfac. in de. Müll. Das is. wie beim Schreibe.. Wenn ma. hie. un. da was wegläss., versteht man es doc. viel besse.. Ma. muss nur wiss.., was ma. schreibt.
Liebe. ein. Pampelmus. stat. ein. Schokolad..

Wahrscheinlich ist das einzige konstruktive Mittel eine Fettabsaugung. Aber da habe ich mich noch nicht so herangewagt. Im Fernsehen konnte ich letztens einer Live-Fettabsaugung beiwohnen. Als der „Fettentfernungsbeauftragte" mit diesem langen saugenden Rüssel in den Bauch der Patientin eindrang und wild fuchtelnd damit hin und her wirbelte, verging mir die Lust auf mein Stückchen Kuchen, das ich mir gerade genehmigen wollte. Die Kamera verfolgte den Weg des eingesaugten Fettes durch den Schlauch, entlang in den Fettauffangbehälter. Dort mischte sich der Tran mit dem Blut, das eine schreiend eitrig gelbrote Farbe ergab. Würg!
Ich schüttelte mich kräftig und bediente augenblicklich den Knopf der Fernbedienung, um schnellstens meinem Brechreiz Herr zu werden. Auf einem Kochkanal blieb ich hängen und als-

bald lief mir wieder das Wasser im Munde zusammen, als gerade der Bratenfond für den Schweinsbraten angerührt wurde. Erleichtert griff ich wieder zu meinem Stückchen Kuchen.

Dabei könnten wir so viel sparen, wären wir ein paar Kilogramm leichter. Allein die Wasserrechnung könnte sich bei Halbierung des Körpergewichts halbieren. Und müssten wir lediglich halb so viel Körper waschen, würde auch die Seife doppelt so lange halten, denn gerade mal der halbe Körperumfang müsste eingeseift werden. Diese Überlegungen könnte man selbstverständlich noch weiterspinnen. Daher geben wir mal zu bedenken, dass 60% der Weltbevölkerung an Fettleibigkeit leidet und die Erde folglich wesentlich mehr Energie benötigt, die Sonne zu umkreisen. Je mehr Übergewichtige unsere Weltkugel bevölkern, desto mehr Energieverlust unseres Globusses. Dieser Energieverlust könnte zur allmählichen Verlangsamung unserer Sonnenumrundungsgeschwindigkeit führen, was wiederum zur Folge hätte, dass die Jahre sich verlängerten. Würden sich die Jahre verlängern, hätten wir logischerweise länger andauernde Jahreszeiten. Längere Winter verursachten einen beträchtlichen Heizverbrauch, der seinerseits wieder zu einer vielumfassenderen Luftverschmutzung führen würde als bisher der Fall. Der größere Ausstoß von Treibhausgasen in die Atmosphäre würde unsere Ozonlöcher zu gigantischen Lichtungen auf weiter Atmosphärenflur verbreitern und die böse ultraviolette Strahlung unserer lieben Sonne würde uns auffressen. Aber hier schließt sich dann der Kreis wieder. Denn würden wir von der Strahlung aufgefressen werden, nähme das Gesamtgewicht der Bevölkerung wiederum drastisch ab und die Geschwindigkeit der Erde könnte wieder zunehmen, was unsere Rettung zur Folge hätte. Also nicht *unsere* Rettung, aber die Rettung der menschlichen Zivilisation. *Wir* wären ja verbrannt, aber vielleicht hätten unsere nichtverbrannten Nachkommen eine Chance. Nun ja, wie gesagt, dieses Szenario wurde von mir lediglich mal so dahergesponnen. Sollte das Gesamtkörpergewicht der Menschheit allerdings weiterhin so rasant anwachsen, garantiere ich für nichts.

Unsere Körpermasse muss selbstverständlich gepflegt werden. Je mehr Masse, desto mehr Pflege. Die effektivsten Methoden unseren Körper zu pflegen, sind Massagen, Heilbäder, Entspannungsübungen und viel Ruhe und Erholung von der anstrengenden Nahrungsaufnahme.
Wellness ist das Schlüsselwort der modernen Zeit. Alle Körper- und Geistbewussten, die was auf sich und ihre Gesundheit halten, machen es. Unsere schnelllebige Gesellschaft sucht nach kleinen Oasen, nach Entspannung und Wohlgefühl. Mit Wellness scheinen sich diese kleinen Wünsche zu erfüllen. Faulenzen, untätig sein, auf

der Bärenhaut liegen und die Seele baumeln lassen oder andere Körperteile.

Ich tue es mehrmals die Woche. Es entspannt mich und ich schalte dabei vollkommen ab. Denn ich lasse mir von einem netten asiatischen Masseur mit schwarzem Gürtel die Eingeweide herauskneten. Es tut schrecklich weh, aber soll sehr gesund sein. Sie nennen es Thai-Massage und meistens planiert mein Thai-Masseur auf meinem Rücken herum und stemmt mir seine Ellenbogen ins Kreuz. Zwischendurch bohrt er seine kleinen, aber sagenhaft kräftigen Zeigefinger in mein Genick. Seine Daumen werden eins mit meiner Wirbelsäule. Seine Knie schraubt er tief in meine Nierenbecken. Seine Hände hämmern im Takt auf meinen Schultern. Wenn alles vorbei ist, krauche ich zur nächsten Wellnessanwendung. Entspannung mit Klangschalen. Soll das innere Gleichgewicht ordnen. Nach der Klangschalentherapie schleiche ich halb taub in den Saunabereich und lasse mich etwas auf dem heißen Stein braten. Mit rotem halbgaren Fleisch und blauen Flecken von der Massage, gönne ich mir ein halbes Stündchen Solarium, um diese kleinen erworbenen Schönheitsfehler etwas mit UV-Strahlung zu kaschieren.

Zur Abrundung meines Wohlfühlprogramms entspanne ich schließlich regelmäßig so eine gute Stunde in der Sauna. Soll bekanntlich den Körper abhärten. Daher versuche ich so lange wie möglich im Dampfbad auszuharren, um den maxi-

malen Abhärtungsgrad zu erreichen. Was soll ich sagen? Es wirkt. Erkältungen habe ich zwar immer noch, aber dafür keinen Kreislauf mehr.
Was soll ich auch mit einem Kreislauf? Alles kreist immer nur herum, vor allem die vielen kleinen Sternchen, wenn die erste halbe Stunde Sauna überstanden ist. Während der letzten 30 Minuten reißt mir regelmäßig der Film. Aber trotzdem, seitdem bin ich wirklich fit wie ein Turnschuh. Jedenfalls nachdem ich die Klinik wieder verlassen habe. Die Ärzte dort haben einfach kein Verständnis für mein Fitnessprogramm, dabei weiß doch jedes Kind, wie gesund Wellness ist.

Staatskunst

Vor Kurzem habe ich übrigens beschlossen, in die Politik zu wechseln. Wissen Sie, man ist einfach viel besser abgesichert. Als Politikerin kassiere ich zehnmal so viel Rente und belaste dabei nicht einmal die Rentenkasse, die nach derzeitiger Einschätzung dem Bankrott zusteuert. Nein, die Renten sind nicht mehr sicher. Das habe ich nun auch kapiert. Daher habe ich nach Auswegen aus diesem Dilemma gesucht. Man will ja schließlich nicht im Alter ohne Versorgung dastehen. Also kam mir sofort der Gedanke, mir ebenfalls ein Plätzchen im Bundestag zu reservieren. Nein, keine Angst, dafür muss man nichts wissen, es reicht, ein bisschen schreiben und lesen zu können. Vielleicht wären einige wenige mathematische Kenntnisse von Vorteil, um die Renten oder auch die Diäten hin und wieder etwas aufzubessern. Das Gute ist, dass man als Politiker ganz alleine entscheiden kann, wann und wie viel Geld man mehr verdienen möchte. Das wäre in etwa so, wie, wenn Sie zu Ihrem Chef gingen und sagen würden, dass Sie letzte Nacht entschieden hätten, 500 Euro mehr zu verdienen. Er möge doch bitte alles in die Wege leiten.

Mich wundert's, dass nicht bereits viel mehr Menschen auf meine Idee gekommen sind. Denn würden wir alle Politik machen, bräuchten wir keinen mehr, der uns wählt. Dieses ganze Wahlprozedere, diese Unsummen an Wahlkosten könnten wir uns sparen und in unsere Renten stecken.

Arbeitsämter, Sozialämter, der kostenaufwendige öffentliche Dienst, Behörden aller Art würden nicht mehr benötigt. Das spart Kosten! Mit diesen Einsparungen würden wir wiederum unsere Renten und Diäten erhöhen. Was ginge es uns gut!

Als Politiker ist man immer wieder mal im Fernsehen. Auf der anderen Seite der Glotze zu hängen, ist einfach ein richtig guter Zeitvertreib. Daher bin ich als Kind dieser Tätigkeit besonders gern nachgegangen. So oft es ging, schaute ich in die Röhre. Selbstverständlich tat dies meiner Bildung keinen Abbruch. Fachleute befürchten zwar das Gegenteil und beharren auf der Annahme, dass uns das Fernsehen verdummen ließe, aber diese Aussage ist selbstverständlich absolut unbegründet. Denn wenn ich niemals einen Western gesehen hätte, wüsste ich heute nicht, dass Indianer stets Federn im Haar tragen und Bleichgesichter viel zu oft mit gespaltener Zunge sprechen. Durch den regelmäßigen Konsum von Krimis, habe ich meine Sinne enorm geschärft. Oft kenne ich den Täter bereits, bevor der Kommissar den Fall aufgeklärt hat. Ganz sicher hätte mir das beträchtlich weitergeholfen, hätte ich eine Laufbahn als Detektiv angestrebt. Auch ha-

be ich gelernt, dass ein Zombie eine längst verstorbene Leiche ist und noch lebende Menschen in einen Zombie umwandeln kann. Daher ist es auch so gefährlich, solche Kreaturen frei rumlaufen zu lassen; sie könnten sonst in Windeseile eine ganze Region infizieren.
Sie sehen also, wie wichtig das Fernsehen für uns ist. Es bietet uns Unterhaltung, aber wir nutzen es ebenso als Informationsquelle.

Die Medienwelt entwickelt listige Pläne, um uns zu täuschen, aber auch in allen anderen Lebensbereichen werden wir immer wieder gefoppt. Man versucht uns ein „A" zu verkaufen, aber nur ein „U" haben wir erworben. Jemand erzählt uns etwas vom Pferd, obwohl er genau weiß, dass wir uns nicht mal den Hafer hierfür leisten könnten.

Forscher haben festgestellt, dass jeder zweite Satz, den wir von uns geben, gelogen ist. Wenn das stimmt ... muss mal schnell die Anzahl der Sätze ermitteln, die in diesem Buch vorkommen ... dann entsprechen 50% aller Sätze meiner Ausführungen der Unwahrheit. Das ist natürlich nicht wahr. Denn jeder Satz aller gesprochenen Sätze dieser Welt kann zweideutig verstanden werden. Das heißt, wenn ich die wahre Bedeutung eines Satzes nicht verstehe, kann ich unmöglich behaupten, dass er unrichtig ist, schließlich könnte ich mich auch irren und alles einfach nur falsch verstanden haben.

Sollten Sie also glauben, meine Assistenten und ich hätten versucht, Sie zu täuschen, dann haben Sie den eigentlichen Sinn des jeweils zweiten Satzes missgedeutet. Wobei wir uns nun wieder der Frage aller Fragen nähern, welchen Sinn unser Leben hat.

Sicherlich haben Sie längst erkannt, dass der Sinn des Lebens der ist, nicht ewig danach zu suchen. Viele Menschen vergessen bei der Suche nach dem Sinn den jeweils zweiten Satz zu hinterfragen, finden daher eher Sinnloses und kommen infolgedessen niemals auf die wahre Lösung, auf die aber auch sonst kein anderer kommt.

Eigentlich ist es doch ganz einfach: Jeder sollte bei der Suche nach dem Sinn des Lebens bei sich selbst beginnen. Was ein anderer in seinem Leben für einen Sinn sieht, ist doch vollkommen nebensächlich. Auch wenn er keinen sieht, heißt es nicht, dass alles sinnlos wäre. Wichtig ist lediglich der Sinn, den *wir* vermuten zu sehen.

Verschwenden wir aber nicht zu viel Zeit mit solchen Fragestellungen. Sonst geht uns die freie Sicht verloren und mit vernebelten Augen erkennen wir niemals den Sinn.

Assistentin CK:

*Eigentlich war mein Sinn des Lebens, für einige Zeit
diese Fragen zu beantworten. Was ich nun machen
soll, wo das Buch fertiggestellt ist, weiß ich nicht.*

Assistent H:

*Der Sinn des Lebens ist völlig trivial. Heiraten, Kin-
der bekommen, einen Baum pflanzen, aus dem Fenster
der Eigentumswohnung schauen. ... So was eben. Was
ich allerdings für den Sinn des Lebens halte, ist noch
trivialer: Sex!*

Assistentin C:

*Da ich gerade mit 'ner Grippe im Bett liege, ist mein
Sinn des Lebens, einfach nur wieder gesund zu werden. Der Sinn des Lebens aller, ist ganz sicher, sich
gesund zu halten, um möglichst lange zu leben und
sich fortzupflanzen.*

Assistentin SK:

*Ein Lebensabschnitt geht zu Ende: nämlich der, in
dem ich regelmäßig bizarre Fragen beantwortet habe.
Das wird mir sehr fehlen. Die letzte, aber alles ent-
scheidende Frage will ich mit der nötigen Ehrerbie-
tung beantworten. Der Sinn des Lebens hat es schließlich verdient.*
*Der Sinn des Lebens ist, den Sinn zu finden. Und
wenn man ihn gefunden hat, ihm auch wirklich nach-*

zugehen. Für mich persönlich ist dies, „erfüllt" zu leben. Durch Erfüllung entwickeln wir uns weiter und Evolution ist Leben. Gut, ne?
Zitat: Assistentin SK'sche Werke in unendlich vielen Bänden nachzulesen. Universale Gesamtausgabe, bibliophile Ausgabe, Verlag Campüsschen, 2005, 10. Auflage.

Assistentin I:

Über den Sinn des Lebens nachzudenken fällt mir schwer. Ich finde es wichtig, seinen Körper gesund zu halten.

Hiermit endet unsere kleine Reise durch eine uns bisher noch unbekannte Grauzone. Wir haben versucht, alles ein wenig mit Farbe zu versehen und Licht ins Dunkle zu bringen. Möglicherweise hat es einigen Lesern nun die Augen geöffnet und sie sind bereit für Neues, für das Unentdeckte. Vielleicht durchblicken sie nun Dinge, die nicht mal die Autorin und ihre Assistenten zu erfassen vermögen. Sollten aber noch Fragen offen sein, trotz unserer umfassenden Erörterung aller Rätsel, machen Sie sich nichts draus. Wir können unmöglich alle Themen in unserem Leben studieren. Dazu ist unser Leben einfach zu kurz. Notieren Sie sich alles, was Sie wissen und verstecken Sie Ihre Aufzeichnungen an einem geheimen Ort, den nur Sie kennen. In Ihrem nächsten Leben suchen Sie diese Stelle wieder auf und führen Ihre Notizen fort. So machen Sie das Leben für Leben und eines Tages vielleicht wissen Sie alles, was man nur zu wissen vermag. Unter diesen Umständen sollten Sie unbedingt ein Buch schreiben über „die Frage nach dem Sinn des Lebens".